누가 내 모습을 훔쳤을까

아름다운 청소년 ㉓

누가 내 모습을 훔쳤을까

초판 1쇄 발행 2020년 6월 5일 | 초판 3쇄 발행 2022년 5월 27일
지은이 타니아 로이드 치 | **옮긴이** 이계순 | **펴낸이** 방일권
편집 황인석 | **디자인** 강소리 | **홍보관리** 손은영 차희주
펴낸곳 별숲 | **출판신고** 2010년 6월 17일 | **주소** 경기도 파주시 광인사길 68, 403호
전화 031-945-7980 | **팩스** 02-6209-7980 | **전자우편** everlys@naver.com

ⓒ 타니아 로이드 치, 이계순 2020

ISBN 978-89-97798-88-9 44800
ISBN 978-89-965755-0-4 (세트)

누가 내 모습을 훔쳤을까

타니아 로이드 치 장편소설 | 이계순 옮김

별숲

권위주의에 반대하는 아들, 매튜에게.

서툰 예술가는 베끼지만, 위대한 예술가는 훔친다.

— 파블로 피카소

— 뱅크시

— 도미니카 리버스

● 차례

1. 감시 카메라를 향해 '치~즈'   / 11

2. 보안 검사   / 19

3. 콧구멍 후비기   / 29

4. 특별한 점심   / 36

5. 날벼락   / 44

6. 후유증   / 51

7. 사라진 게시물   / 61

8. 다람쥐   / 71

9. 스파이   / 82

10. 공식 회견   / 96

11. 어둠과 빨간빛   / 111

12. 진정한 사랑   / 123

13. 마스크팩   / 135

14. 비밀 모임   / 152

15. 무단 침입   / 163

16. 준비   / 182

17. 비밀번호   / 194

18. 발각   / 204

19. 쇼타임   / 218

20. 멋진 신세계   / 243

1. 감시 카메라를 향해 '치~즈'

할머니와 나는 '라 파티세리' 식당 테라스에 앉아 있었다. 할머니는 일요일마다 그곳에서 엄마와 내게 브런치를 사 준다. 엄마는 오늘 약속 시간에 늦고 있었다.

할머니가 한숨을 폭 내쉬었다. 그런 다음 가죽 숄더백을 무릎에 올리며 말했다.

"너한테 주려고 특별한 걸 가져왔지."

할머니는 직접 운영하는 화랑의 기념품점에서 책을 매주 한 권씩 갖다주었다.

"이따가 가방에 넣으렴."

그때 은색 렉서스 자동차가 길을 따라 쭉 들어왔다. 우리는 그쪽으로 고개를 돌렸다. 엄마가 방향을 틀어 식당 건너편에 차를 세웠다. 그러고는 바퀴가 완전히 멈추기도 전에 내리더니 주차 요금 징수기를 확인했다. 그런 다음 잔돈을 찾으려고 지갑을 뒤졌다.

엄마는 아주 낙담하는 표정이었다. 검은 머리칼도 점점 더 고불고불하게 말리는 것 같았다.

"제가 가 볼게요."

그러자 할머니가 내 팔에 손을 가만히 올렸다.

"도미니카, 괜찮아. 엄마가 해결할 수 있어."

엄마는 근처 가게로 들어갔다. 잠시 후, 한 손에는 초콜릿 바 여러 개를, 다른 한 손에는 동전 한 뭉치를 들고 나타났다. 엄마는 주차 요금 징수기에 동전을 넣은 뒤, 머리칼을 찰랑찰랑 흔들며 이쪽으로 건너왔다. 그러고는 내 옆에 털썩 앉으며 인사했다.

"좋은 아침!"

엄마가 우리에게 초콜릿 바를 하나씩 나눠 주었다. 때마침 웨이터가 다가왔고, 우리는 각자 식사를 주문했다. 할머니가 두 손을 꼭 모으고서 나를 보며 물었다.

"그래, 중학교 3학년 생활은 어떠니?"

"뭐, 특별한 건 없어요. 다음 주에 내야 할 프로젝트가 하나 있고요."

"어떤 수업?"

엄마가 물었다.

"윤리 수업이요. 세상을 변화시키는 보안 기술이나 사생활에 대해 써야 해요."

"그래서 너는 뭘 할 거니?"

할머니가 물었다.

"드론이요."

그러자 엄마가 콧잔등을 잔뜩 찡그리며 말했다.

"그건 무시무시한 물건이야. 폭탄도 막 떨어트리지 않니?"

나는 고개를 끄덕였다.

"하지만 멋진 일들도 많이 해요. 드론을 이용해서 공중 발레나 서커스, 멀티미디어 쇼 들을 할 수 있다고요."

"그런데 얘야, 그게 사생활과 어떤 관련이 있다는 거니?"

할머니가 물었다. 나는 멋쩍게 웃으며 대답했다.

"아직 거기까지는 조사하지 못했어요. 하지만 며칠 더 남았으니 까요."

엄마가 피곤한지 하품을 했다.

"엄마, 드론으로 피자도 배달시킬 수 있어요."

나는 빵 바구니를 집어 들고서 부드럽게 날라 엄마 앞에 대령한 뒤, 로봇 목소리로 물었다.

"부인, 빵을 더 드시겠습니까?"

엄마가 콧방귀를 뀌었다.

웨이터가 돌아와 우리 앞에 접시를 내려놓았다. 그런 다음 냅킨 을 들어 올려 우아하게 탁 펴서 할머니 무릎에 펼쳐 주었다. 후추

통을 돌려 후추도 신선하게 갈아 주었다.

할머니가 행복한 한숨을 내쉬었다. 그러고는 웨이터가 자리를 떠나자 조용히 말했다.

"웨이터를 그 날아다니는 로봇으로 대체하지는 말자. 아직까지는 말이야. 캐롤, 너는 어떻게 지냈니?"

"저녁에 결혼식 리허설 만찬이 있어요. 하객이 서른 명이나 온다고요. 할 일이 완전 산더미처럼 쌓였죠. 얼마 안 있어 결혼식도 준비해 줘야 하고……."

엄마는 행사장에 음식을 서비스해 주는 '케이터링 회사'를 운영하고 있었다.

"바쁘게 보내고 있구나. 도미니카가 그러는데…… 새로운 친구도 만나고 있다면서?"

할머니가 말했다.

완전 거짓말이었다. 엄마는 요즘 새 '친구'와 꽤 자주 외출했고, 내가 마음대로 하도록 내버려 두었다.

"제가 언제요!"

엄마가 나를 쳐다보았다. 나는 어깨를 으쓱하며 무죄를 주장했다. 정말이지 할머니는 그런 것들을 어떻게 알고 있는지 모르겠다.

"프랭크라고 해요. 변호사고요."

엄마가 말했다.

"오호, 그 사람이랑 같이 요가 다니니?"

"요가요?"

엄마가 눈을 굴리며 말했다. 하지만 엄마는 요가 학원에서 프랭크 아저씨를 만났다. 할머니는 심령술사일지도 모른다.

할머니가 또 물었다.

"그 사람, 이혼했니?"

확실히 심령술사다.

식사가 끝날 때까지 이런 식의 대화가 이어졌다. 계산은 할머니가 했고 우리는 각자 재킷을 챙겼다. 계산대를 지날 때, 나는 현관문 위에 달린 감시 카메라를 발견했다. 윤리 시간에 사생활과 보안을 배우기 시작한 이후로 감시 카메라를 더 의식하게 되었다. 그리고 이제는 감시 카메라가 어디에나 있다는 걸 알게 되었다.

나는 감시 카메라 앞에서 잠시 손을 흔들었다. 누군가가 이 영상을 봐야 한다면, 그 사람은 세상에서 가장 지루한 일을 하는 거다. 그 사람에게 격려를 좀 해 줄 필요가 있었다.

홀던 : 도와줘!

나 : ?

홀던 : 지하 감옥에 갇혔는데 나갈 수가 없어.

나 : 알았어. 금방 갈게.

할머니는 화랑의 고객과 약속이 있었고 엄마는 회사로 돌아갔다. 다들 지금쯤이면 내가 이런 생활에 익숙해졌을 거라고 생각하겠지만, 나는 집에 혼자 있는 게 별로였다. 그래서 게임 속 위급 상황이 발생했을 때 웬만하면 도와주러 갔다.

자전거를 타고 몇 블록 떨어진 홀던의 집으로 갔다. 부엌 뒷문을 가볍게 두드리자 홀던 엄마가 들어오라는 손짓을 했다. 홀던 엄마는 통화 중이었다. 한쪽 귀 뒤로 넘긴 금발은 헤어스프레이로 단단히 고정되어 있었다. 홀던 엄마가 입 모양으로만 물었다.

"뭐 먹을래?"

내가 고개를 흔들자 홀던 엄마가 아래층을 가리켰다. 홀던은 담요로 온몸을 칭칭 감은 채 지하 미디어 룸의 가죽 소파에 구부정하게 앉아 있었다. 커피 테이블에는 감자칩 봉지가 있고 방 안은 퀴퀴한 양말과 아침 입 냄새로 가득했다.

"대체 얼마나 한 거야?"

홀던이 흠칫 놀라며 허리를 바로 세웠다. 그런 다음 자신의 문제에 대해 장황하게 설명하기 시작했다. 나는 화면에서 눈길을 돌렸다. 홀던의 캐릭터가 암벽에서 미끄러지고 덫을 뛰어넘을 때마다 영상이 이리저리 흔들리고 기울어졌는데, 그걸 보고 있자니 속이 울렁거렸기 때문이다.

"여기야! 바로 이게 문제라고."

홀던이 화면을 가리키며 말을 이었다.

"저기 세 개에 불이 동시에 들어오도록 해야 하는데……."

나는 소파 쿠션에서 감자칩 부스러기를 툭툭 털어낸 뒤, 홀던 옆에 앉았다. 그리고 손을 뻗어 조종기를 집어 들었다.

이런 일은 언제나 쉬운 축에 속했다. 퍼즐을 푸는 데 1분밖에 안 걸렸다. 한바탕 버튼을 누르자 폭발이 일어나고 그 진동으로 미디어 룸도 흔들렸다. 화면에서 벽이 무너지고 문이 하나 드러났다. 문은 끼익 소리를 내며 저절로 열렸다.

"너는 정말 최고야."

홀던이 지하 감옥에서 도망치느라 나는 거들떠보지도 않은 채 말했다.

"자, 세상도 구했으니, 나는 이제 윤리 프로젝트나 끝내러 가야겠다."

위층으로 올라가 현관문 밖으로 막 나가려는 찰나, 홀던 엄마가 나를 불러 세웠다.

"도미니카! 벌써 가는 거야? 제발 쟤를 좀 데리고 어디로든 나가 주렴."

홀던 엄마와 나는 이런 대화를 벌써 수천 번이나 나눴다.

"아마 안 나갈 거예요. 지금 게임에 푹 빠졌거든요."

홀던 엄마가 혀를 끌끌 찼다. 나는 가만히 기다렸다. 어떻게 해야 홀던이 나가서 움직일 수 있는지 내게 물어볼 차례였기 때문이다. 홀던 엄마가 한숨을 내쉬었다.

"예전엔 안 이랬는데……."

홀던은 대여섯 살 때부터 TV 드라마의 인기 있는 아역배우였다. 하지만 중학교에 올라오면서 연기도 그만두고 방과 후 댄스와 음악, 그리고 발성 수업도 그만두었다. 한마디로 모든 걸 그만두었다.

고맙게도 바로 그때 홀던 엄마의 휴대폰이 울렸다.

"미안."

홀던 엄마가 조용히 말했다.

나는 얼른 밖으로 빠져나갔다.

2. 보안 검사

　월요일 아침, 아파트 엘리베이터에서 내렸다. 홀던이 1층 로비의 보안 데스크에 몸을 기댄 채 경비원에게 말을 걸고 있었다. 우리 아파트 경비원은 은퇴한 경찰로, 짧은 머리에 눈빛이 매우 강렬했다. 경비원은 홀던과 노닥거리지 않았다.

　밖으로 나온 우리는 서로를 보며 씩 웃었다. 서둘러 걸음을 옮겼다. 인도 위에 떨어진 무수한 벚꽃들이 발밑에서 빙글빙글 돌며 소용돌이를 만들었다.

　홀던과 손이 탁 부딪쳤다. 잠시 동안, 홀던이 그 애의 새끼손가락을 내 새끼손가락에 걸었다. 기분이 좋았다. 벚꽃이 흐드러지게 피었을 때에는 이렇게 해야만 할 것 같았다. 하지만 이건 아무 의미도 없었다. 아니, 혹시 있을지도? 홀던과 나는 거의 3년 동안 친구였고, 우리 관계가 어느 경계에 있는지 알아내는 건 무척 어려웠다. 아니, 그 경계가 서로 어디에 있기를 원하는지 알아내는 게 어려웠다. 나는 새끼손가락을 더 걸고 있어도 괜찮았다. 그런데 홀던이 어떻게 생각하고 있는지는 전혀 모르겠다.

산비 집에 절반쯤 갔을 때, 홀던이 우뚝 멈췄다.

"왜?"

"내 추적 장치를 두고 왔어."

"또?"

작년에 새로운 시스템이 학교에 도입된 후, 우리는 전자 학생증을 챙기느라 몇 주 동안 고생했다. 하지만 맹세컨대 홀던의 잠재의식 속에는 그것에 대한 혐오감이 있었다. 그래서 전자 학생증을 '추적 장치'라고 불렀다. 산비가 전자 학생증에는 우리가 언제 도착하고 언제 출발했는지를 가족들에게 알려 주는 기능밖에 없다고 설명해 주었다. 하지만 아무리 설명해 줘도 홀던에게는 도움이 되지 않았다.

우리는 거의 뛰다시피 홀던의 집으로 갔다. 얼른 전자 학생증을 챙긴 뒤, 왔던 길로 다시 돌아갔다. 나는 홀던을 재촉했다.

산비 집에 도착했을 때, 산비는 이미 밖에 나와서 발을 동동 구르며 기다리고 있었다. 오늘 아침에는 산비 할머니가 현관문 앞에서 우리를 지켜보고 있었다. 산비가 얼른 내 손을 잡더니 학교 쪽으로 끌고 갔다.

"왜 이렇게 늦었어!"

"홀던 때문이야."

"그래, 그랬겠지."

우리는 엎치락뒤치락하며 앞으로 나아갔다. 운동장에 들어서자 예비 종이 울렸다. 우리는 계단을 한 번에 두 개씩 뛰어 올라간 뒤, 문을 활짝 밀어젖혔다. 그러다 그만 교장선생님과 부딪힐 뻔했다. 교장선생님은 양복을 쫙 빼입은 남자 한 무리를 이끌고 있었다. 분명 예비 기부자들일 것이다.

"말씀드렸듯이 최첨단 시설이지요."

교장선생님이 홀던 어깨에 한 손을 올리더니 홀던을 그 남자들 쪽으로 휙 돌렸다. 산비와 나도 조심스럽게 그쪽으로 몸을 돌렸다.

"여기는 장래가 촉망되는 우리 학생들입니다. 이 학생은 홀던 라클레어인데, 어머니가 유명하신 분이죠. '라클레어 디자인' 들어 보셨죠? 여기는 산비 아가왈, 아버지가 이곳 시의회 의원이시죠. 이 학생은 도미니카 리버스."

교장선생님이 멈칫하다 그냥 그대로 문장을 끝맺었다. 그 뒤에는 우리 가족의 소개가 이어져야 했다. 교장선생님은 우리 할머니의 화랑에 대해 얼마든지 이야기할 수 있었다. 하지만 나는 그때 교장선생님이 예술을 그렇게 좋아하지 않는다는 느낌을 받았다.

"우리는 안전하고 교육적인 환경을 조성해서 학생들이 자신의 재능을 탐구할 수 있도록 노력하고 있습니다."

교장선생님이 무슨 걸어 다니는 홍보용 책자처럼 말했다. 그런데도 그 양복쟁이들은 거기에 홀랑 넘어간 눈치였다.

"건물 밖에 이런 글귀가 새겨져 있습니다. '세쿠리타스 제네라 빅토리아.' 안전은 성공을 일으킨다는 뜻이지요. 우리는 이 모토를 중심으로, 여기 미첼 영재중학교의 모든 것을 결정한답니다."

그 모토는 교장선생님이 전자 학생증, 감시 카메라와 함께 학교에 들여온 거였다. 교장선생님은 안전에 광적으로 집착했다.

"학생들은 졸업해서 전부 명문 고등학교로 진학하고 있습니다. 범죄를 저지른 학생은 지금까지 단 한 명도 없지요."

교장선생님은 이제 대놓고 자랑했다.

교장선생님에게 천재적 재능이 있다면, 그건 모금을 무척 잘한다는 것이다. 우리 할머니는 한 달에 한 번씩 발행되는 가정통신문을 읽는데 2, 3년 전에 이 교장선생님이 부임한 이후로 기부금도 많이 늘고 학교 평점도 좋아졌다고 한다.

수업 종이 울리자 교장선생님이 우리를 보며 환하게 웃었다.

"자, 수업하러 가야지."

완전 쇼였다. 교장선생님의 천재적 재능은 학생들을 격려하는 데에 절대 있지 않았기 때문이다.

우리는 교장선생님이 본색을 드러내기 전에 서둘러 교실로 갔다.

홀던과 나는 윤리 교실로 갔다. 왜소한 몸집의 서튼 선생님은 넉넉한 일자 원피스에 플랫슈즈를 신고 있었다.

"얼른 자리에 앉자. 할 게 많으니까. 오늘은 새로운 단원으로 들어갈 거야."

나는 책상에 미끄러지듯 앉았다. 노트를 꺼낸 다음, 통로 너머로 손을 뻗어 홀던을 쿡쿡 찔렀다. 홀던은 필기하지 않고 맨날 내 것을 빌려 갔다. 이번에도 그 애는 하품을 쩍 하며 의자 뒤로 몸을 젖혔다. 그러자 홀던 뒤에 앉은 미란다가 홀던의 머리카락을 가지고 장난치기 시작했다. 늘 그렇듯 미란다는 교복에 스타킹과 하이힐을 신고 있었다. 오늘은 반짝반짝 빛나는 금색 하이힐이었다.

미란다는 홀던의 머리카락을 손가락에 감아 빙글빙글 돌렸다.

우웩!

미란다는 미첼 영재중학교의 학생 블로그 편집장이었다. 그런데 보아하니, 홀던에게도 관심이 있는 게 분명했다.

수학과 과학 영재인 애나 카바노가 우리 옆을 휙 지나 제일 앞줄의 그 애 자리로 갔다.

"이번 달에는 세상을 바꾼 사람들을 주로 다룰 거야."

서튼 선생님이 잠시 입을 다물었다. 조쉬 플랜트와 맥스 린, 그리고 운동선수들, 아니 오랑우탄 패거리들이 뒤쪽 자리에 앉으며 서로 밀치고 소리를 질렀기 때문이다.

"그건 중요한 프로젝트로……."

서튼 선생님이 말을 이었다. 그런데 선생님의 미소가 어쩐지 어색하게 굳어 있는 것 같았다. 미간에는 주름이 살짝 잡혀 있고, 말하면서 손에 낀 반지를 계속 만지작거렸다.

여드름이 잔뜩 난 마커스가 앞줄에서 손을 들었다.

"사생활과 안전 단원을 끝내야 하지 않나요? 전에 하던 프로젝트는 어떡해요?"

그러자 서튼 선생님이 긴장된 미소를 지었다.

"그건 다음 주에 제출해도 돼. 오늘 우리가 다룰 내용은……."

선생님이 하던 말을 멈췄다. 애나가 손을 번쩍 들었기 때문이다.

"선생님, 근데 왜 다른 단원으로 넘어가는 거예요?"

나는 이미 그 이유를 대충 눈치챘다. 서튼 선생님의 표정에서 긴장감이 느껴졌기 때문이다. 서튼 선생님이 교실 한쪽 구석의 감시 카메라를 힐끗 쳐다보았다.

"이번 학기에 다뤄야 할 내용이 많아. 우리가 잠시 옆길로 빠졌던 거야. 이제 재미있는 부분으로 넘어가자."

아무도 그것에 토를 달지 않자, 선생님이 고개를 힘차게 끄덕였다.

"이번 프로젝트는 너희에게 영감을 주는 인물들을 자세히 조사해서 내는 거야. 사회 윤리에 이의를 제기한 사람이나, 세상을 바라보는 너희의 시각을 바꾸도록 만든 사람들 말이야. 예술가도 되고, 과학자도 되고, 철학자도 되지."

애나가 또 손을 번쩍 들었다.

"선생님, 발표도 하나요?"

"여기에 필요한 것들이 쭉 적혀 있단다."

서튼 선생님이 프린트물을 앞줄에 넉넉히 나눠 주며 말을 이었다.

"네 페이지짜리 보고서를 제출한 뒤, 그 내용을 바탕으로 수업 시간에 발표할 거야. 형식은 자유."

나는 홀던을 곁눈질로 보았다. 홀던은 아예 두 눈을 감고 있었다. 미란다에게서 머리 마사지를 받고 있었기 때문이다.

으윽!

"4주 줄게. 그 시간을 효율적으로 잘 사용하렴. 다른 질문?"

또, 애나였다. 아무렴.

"선생님, 줄 간격은 어떻게 할까요?"

애나랑 있으면 나는 머리를 책상에 쿵쿵 박고 싶어진다. 애나는 늘 내게 와서 스터디 모임을 같이 하자거나, 어떤 모금 행사를 위해 사인을 해 달라고 했다. 그런데 그게 너무 강박적이어서 애나랑 10분 이상 같이 있는 건 무리였다.

애나는 더 이상 질문이 없는 것 같았다. 적어도 당분간은.

서튼 선생님이 말했다.

"노트북을 꺼내서 필요한 자료를 찾아보도록 해."

나는 이미 누구로 할지 결정했다. 어제 아침, 할머니가 건네준

책을 대충 훑어본 순간부터 나는 그 사람에게 푹 빠져 있었다. 그 사람은 바로, 뱅크시였다.

나는 뱅크시와 관련된 웹사이트를 하나 찾았다.

뱅크시로 알려진 익명의 예술가는 영국을 기반으로 한 화가이자 영화감독이다. 그의 작품에는 종종 정치적이거나 사회적인 문제들이 담겨 있다. 그는 공개적인 장소에서 스텐실 기법*을 이용해 그림 그리는 것으로 유명하다. 그의 신원은 알려지지 않았다. 하지만 유럽과 북아메리카, 그리고 중동의 빌딩과 벽, 거리에 그린 그의 작품들은 국제적인 찬사를 받고 있다.

뱅크시는 기본적으로 범죄자였다. 건물 벽에 스프레이 페인트로 그림을 그렸기 때문이다. 하지만 이제 뱅크시는 독창적인 예술가로 인정받고 있고, 그가 그렸다고 하면 '그라피티**'라 하더라도 사람들의 관심을 끌었다. 뱅크시는 유명 인사였다.

나는 온라인에 올라온 뱅크시의 그림들을 휙휙 넘겼다. 영국의 어느 청소년 클럽 건물 벽에 그림이 하나 그려져 있었다. 마치 키스를 하려는 듯, 두 팔로 서로를 감싸고 있는 남녀의 모습이었다. 하지만 실제로 그들은 자신의 휴대폰 메시지를 확인하기 위해 서

* 글자나 무늬, 그림을 모양대로 오려 낸 후, 그 구멍에 물감을 넣어 찍어 내는 기법.
** 길거리 벽면에 낙서처럼 그리거나 스프레이 페인트를 이용해 그리는 그림.

26

로의 어깨 너머를 보고 있는 거였다.

뱅크시는 어느 건물 벽면에 하얀색 페인트로 '카메라로 감시당하는 국가'라고 크게 적었다. 그 글은 감시 카메라 바로 밑에 있었는데, 어쩐 일인지 뱅크시는 거기에 찍히지 않았다. 나는 그 사진을 들여다보면서 뱅크시가 어떻게 그렇게 했는지 알아내려 애썼다. 감시 카메라 렌즈를 가렸나? 아니면 감시 카메라 바로 밑에 사각지대가 있었나? 내겐 다른 각도에서 찍은 사진들이 더 필요했다.

나는 과제물을 작성하기 시작했다. 그런데 애나 때문에 집중하기 힘들었다. 애나는 책상 옆에 서서 노트와 연필, 그리고 올빼미 모양의 지우개를 가지런히 정리하고 있었다. 나는 '픽스나피*' 계정이 없었다. 하지만 산비가 거기 올라온 게시물들을 내게 보여 주었다. 나는 애나가 저 사진 밑에 뭐라고 적을지 짐작이 갔다. '오늘은 아기 올빼미가 내 프로젝트를 도와주고 있어!' 뭐, 이런 거겠지. 그다음에는 동물 모양의 이모티콘과 스마일 얼굴들을 줄줄이 올릴 테고.

우리 엄마에게는 소셜 미디어 공포증이 있었다. 그래서 내가 열아홉 살이 될 때까지 계정을 만들 수 없다고 했다. 하지만 픽스나피에 계정을 만들 수 있다 하더라도, 나는 애나의 게시물 때문에 그 웹사이트 자체를 거부했을지도 모른다.

---

* 주로 북아메리카 지역에서 사용되는 온라인 SNS.

쉬는 시간을 알리는 종이 울리자, 서튼 선생님이 말했다.

"목요일까지 프로젝트 개요를 한 단락으로 정리해서 제출하도록!"

나는 끝내야 할 인문학 숙제가 조금 남아 있었다. 그래서 쉬는 시간 동안 얼른 도서관으로 가 뒤쪽 책상에 앉아 노트북을 펼쳤다. 도서관에는 아무도 없었다. 사서도 근처에 없는 듯했다.

마침 잘됐다. 셔츠를 아침 내내 뒤집어 입은 것 같았기 때문이다. 도서관을 쭉 훑어보았다. 나는 재빨리 셔츠를 벗어 뒤집은 다음, 다시 제대로 입었다. 그리고 홀던과 산비에게 따지려고 도서관을 나섰다. 대체, 친구 좋다는 게 뭐야? 옷을 잘못 입으면 알려 줘야 하는 거 아냐?

3. 콧구멍 후비기

윙윙, 진동 소리가 들렸다. 나는 벌떡 일어나 앉았다. 늦은 오후의 햇살이 거실 창문을 통해 흘러들어 오고 있었다. 나는 고개를 흔들었다. 눈가를 문지르며 잠을 떨구어 냈다. 학교에서 집으로 돌아온 뒤에 간식을 만들어 먹고 프로젝트를 시작했는데, 졸음을 이기지 못하고 그만 잠에 곯아떨어졌나 보다.

윙윙, 진동 소리가 또 들렸다. 나는 주변을 이리저리 뒤적이며 내 휴대폰을 찾았다. 산비와 홀던이 보낸 문자였다. 거기에는 동영상이 하나 첨부되어 있었다.

산비 : 으으으익! 이것 좀 봐!

영상에는 미첼 영재중학교의 미술실에 혼자 앉아 있는 애나가 보였다. 애나는 자신의 콧구멍을 찌르고 있었다. 아니, '찌르고' 있다기보다 '후비고' 있다는 편이 더 맞겠지만.

나 : 웩, 더럽네.

산비 : 컴퓨터그래픽 모임이 오늘 오후에 있었거든. 누군가가 이걸 받아서 애나한테 보여 줬어. 애나는 흥분해서 완전 제정신이 아니었다고! 그러고는 거기서 뛰어나갔지. 나, 이제 어떡해야 해???

홀던 : 애나한테 문자 보내 봤어?

산비 : 뭐라고 보내? 그게 생각이 안 나.

나 : 근데 모임에 왔던 그 애는 이 영상을 어떻게 받은 거래? 그리고 애나는 어떻게 자신이 찍히는 것도 몰랐지?

산비 : 글쎄 말이야.

나 : 애나한테 이야기할 사람이 필요한지 물어봐. 혼자라고 느끼지 않도록 말이야.

산비 : 그래, 알았어. 한번 해 볼게. 고마워.

우리 셋은 초등학교 5학년 때 방과 후 미술 수업에서 만났다. 전부 다른 초등학교에 다녔는데, 미첼 영재중학교의 입학식에서 서로를 알아보았을 때 마치 잃어버린 영혼의 짝을 되찾은 느낌이었다. 나는 그날 너무 긴장해서 몸을 바들바들 떨고 있었다. 그런데 산비의 왕방울만 한 눈과 딱 마주친 순간 나도 모르게 얼굴에서 미소가 흘러나왔다. 산비와 나는 학교를 구경하는 내내 팔짱을 끼고 있었다. 홀던은 처음에 우리 근처에서 허리를 구부정하게 꺾고 혼자 조용히 농담이나 던지고 있었다. 그런데 어찌 된 일인지 입학식이 끝날 무렵에는 우리와 같이 다니고 있었다.

홀던은 그즈음 게임에 푹 빠져 방과 후 수업과 연기 수업을 전부 그만두었고, 산비는 그 이후로 시간만 나면 미적분학과 앱 개발에 전념했다. 둘은 매년 점점 더 별나게 굴고 있지만, 그래도 내가 가장 좋아하는 친구들이다.

엄마가 집에 들어왔다. 엄마는 현관 입구에서 신발을 벗어 던진 뒤, 스웨터를 소파에 걸쳐 놓으며 내게 미소 지었다.

"샤워하고 옷 갈아입으려고 들어왔어. 남은 음식도 가져왔고."

엄마가 커다란 테이크아웃 상자를 커피 테이블에 올려놓았다.

엄마는 행사장에 음식을 서비스해 주는 '케이터링 회사'를 운영한다. 그래서 '남은 음식'이란 졸인 무화과를 얹은 미니 페이스트리나, 동그랗게 자른 오이에 새우를 올리고 망고 소스를 끼얹은 것을 의미했다. 나는 상자를 휙 열어 초콜릿 타르트를 입에 쏙 넣었다.

휴대폰이 윙윙 울렸다.

산비 : 애나가 답을 안 해.

나 : 우리 집으로 올래? 엄마가 초콜릿 타르트 만들었는데.

산비 : 진짜? 얼른 갈게.

잠시 후, 현관문을 열자 산비와 홀던이 와 있었다.

산비가 말했다.

"집을 막 나서는데 얘가 문자 보낸 거야. 이유는 모르겠지만 너네 집에 타르트가 있는 걸 알고 있는 눈치였어."

그러자 홀던이 어깨를 으쓱해 보였다.

"너희 엄마 타르트랑 나는 정신적으로 연결되어 있어. 우리는 태어날 때 헤어진 쌍둥이와 같아."

마침 그때 엄마가 현관문에 와서 그 말을 들었다.

"어쩜 이렇게 예쁜 말만 골라 할까?"

엄마가 홀던 뺨에 쪽쪽 소리를 내며 뽀뽀했다.

홀던 얼굴이 새빨갛게 달아올랐다.

엄마는 검정 드레스를 입고 있었다. 내가 작년에 학교 댄스파티 때 입었던 거다. 그런데 나보다 엄마에게 더 잘 어울려 보였다. 너무 불공평했다. 내가 말했다.

"그래요, 그 옷 내가 빌려 드리죠."

"고마워. 프랭크 만나려면 서둘러 나가야 해. 너무 늦게까지 놀지는 말고, 알았지?"

"엄마도요."

"글쎄, 장담은 못 하겠네."

엄마가 우리에게 윙크하고 밖으로 나갔다.

산비는 소파에 털썩 앉아 초콜릿 타르트를 집었다.

"태어나면서 얻는 가족이 있고, 자라면서 선택하는 가족이 있다."

내가 말하자 산비가 방긋 웃었다. 이것은 산비가 작년 크리스마스 선물로 우리에게 사 준 머그잔에 적힌 글이었다. 나는 홀던과 산비의 발 사이로 내 발을 밀어 넣으며 행복한 한숨을 내쉬었다. 내 인생은 완벽하지 않을지도 몰랐다. 하지만 적어도 나는 애나가 아니었다.

화요일 아침, 침대에서 몸을 일으킨 후 어제의 흔적을 확인했다. 나도 모르게 신음 소리가 났다. 치우지도 않고서 잠자리에 들었다니, 믿을 수가 없었다. 분명 설탕에 취해 제정신이 아니었나 보다. 게다가 엄마가 현관문 근처에 신발과 핸드백을 널브러뜨려 놓아서 더 가관이었다. 엄마 드레스는, 아니 내 드레스는 잔뜩 구겨진 채로 욕실 앞에 있었다.

집을 이 모양 이 꼴로 두고 나갈 수 없었다. 하지만 커피 테이블을 치우고 엄마의 잔해까지 정리하고 나면 학교에 늦을 것이다. 나는 얼른 교복을 입고 전자 학생증을 목에 건 뒤, 그래놀라 바를 집어 들고 엘리베이터로 뛰어갔다.

산비와 홀던, 나는 간신히 시간 맞춰 교문에 도착했다.

애나가 우리 앞에서 계단을 오르고 있었다. 내 착각일 수도 있겠지만, 애나의 분홍색 머리핀이 약간 삐뚤게 꽂혀 있는 것 같았다.

"애나, 안녕."

산비가 인사하자 애나의 얼굴이 빨갛게 타올랐다. 애나는 얼른 문을 열고 학교 건물 안으로 들어갔다.

우리는 계단 절반쯤 올라가 있었다. 안에서 친구들의 놀림이 시작되었다. 호루라기와 야유, 고함 소리가 뒤섞여 흘러나왔다. 느린 박수 소리도 몇 번 들렸다. 조쉬와 맥스 패거리의 소리도 얼핏 들렸다. 그 애들은 축구 경기장 관중석에 있는 것처럼 소리를 내지르고 있었다.

문이 쾅 열리더니 애나가 다시 나타났다. 마치 학교 건물이 애나를 퉤 뱉은 것 같았다. 문이 닫히면서 소음도 잦아들었다.

산비와 내가 위로해 주려고 달려갔지만, 애나는 허둥지둥 계단을 내려가 교문 밖으로 갔다.

"아주 강렬했어."

홀던이 중얼거렸다.

"홀던!"

산비가 홀던에게 달려들었다.

"왜 그래? 내가 뭘 어쨌다고?"

"아무것도 안 했잖아! 바로 그게 문제야!"

산비가 문을 휙 열고 안으로 사라졌다. 나는 뒤에서 씩씩거리는 홀던과 앞에 있는 문을 번갈아 쳐다보았다. 예비 종이 울렸다. 나는 얼른 산비를 쫓아갔다. 그리고 로비를 지나면서 내 전자 학생증을 스캐너에 찍었다.

거의 동시에 내 휴대폰이 윙윙 울렸다.

할머니 : 무사히 도착해서 다행이구나.

나 : 저야 언제나 무사히 도착하죠. 걱정하지 않으셔도 돼요. :)

할머니 : 학교에서 날아온 '띵' 소리를 들어야 안심이 되거든. 좋은 하루 보내렴.

나 : ♥

내가 미끄러지듯 책상에 앉자마자 수업 종이 울렸다. 산비와 홀던은 여전히 으르렁거리고 있었다.

"우리가 할 수 있는 건 없었어."

홀던이 속삭였다.

그건 사실이었다. 만약 누군가 공공장소에서 코를 후빈다면, 그 사람은 다른 사람들이 어떻게 해 주기를 바랄까?

4. 특별한 점심

점심시간에 홀던도 산비도 보이지 않았다. 그래서 나는 혼자 학교 식당에 들어갔다. 그리고 오늘의 점심 특선인 매콤한 칠리 스튜와 치즈케이크를 고른 뒤, 창문 바로 옆에 자리를 잡았다. 우리는 보통 이 자리에 앉았지만, 오늘은 나 혼자였다.

내가 한 입 먹기도 전에 애나가 나타났다. 눈이 평소보다 더 커져 있었다. 쟁반을 너무 꽉 쥐고 있어서 손가락이 창백하게 굳어 있었다. 애나는 적어도 오늘 아침에 학교로 돌아왔다.

애나가 내 식탁 가장자리에서 머뭇거렸다. 나는 마지못해 손짓으로 의자에 앉으라고 했다.

"왜 혼자야? 홀던하고 산비는?"

애나가 물었다. 교복을 입은 그 애는 무릎까지 오는 분홍색 줄무

닉 양말에, 분홍색 머리핀을 하고 있었다.

"영상에 대해서 들었어."

내가 말했다.

산비가 여기 있었다면 식탁 밑으로 나를 긷어찼을 것이다. 하지만 나는 이런 일일수록 입 밖으로 꺼내는 편이 더 낫다고 생각했다. 애나는 잠시 멈칫하더니 이내 어깨를 펴고 자세를 바로 한 다음, 내게 억지 미소를 지어 보였다.

"내일 과학 시험 있잖아. 어때, 우리 서로 시험 문제 내고 맞히는 거 할까?"

내가 그 시험 문제 퀴즈에서 구원을 받게 된 건, 우리 식탁에 드리워진 어떤 그림자 덕분이었다. 고개를 들어 보니 맥스 린이었다. 늘 그렇듯 맥스의 목에는 구식 카메라가 걸려 있었다. 맥스는 학교 식당에서 파는 치즈케이크를 한 손에 들고 있었다. 다른 쪽 팔에는 하얀색 종이 타월을 길게 늘어트리고 있었다.

맥스는 웨이터처럼 짐짓 과장된 동작으로 케이크를 내 앞에 내려놓았다.

"무슨 일이야?"

"행복한 화요일이잖아."

맥스가 말했다. 그런 다음 몸을 숙이더니 내 귀에 대고 속삭였다.

"그리고…… 미안해."

내가 무슨 뜻인지 묻기도 전에 맥스는 저 멀리 가 버렸다.

나는 맥스의 뒷모습을 빤히 쳐다보았다. 그때 홀던과 산비가 식탁에 쟁반을 내려놓으며 앉았다. 애나가 말했다.

"마침 잘됐다. 너희도 내일 과학 시험 있지?"

"케이크는 뭐야?"

홀던이 물었다. 거의 동시에 산비도 물었다.

"맥스가 준 거야?"

"나보고 미안하대."

나는 산비에게 대답하며 어깨를 으쓱해 보였다.

애나가 산비와 홀던에게 문제 카드를, 진짜로 문제 카드를 건네려 했다. 하지만 둘은 애나의 그런 시도를 깡그리 무시했다. 그런 다음 포크를 집어 들고 케이크로 달려들었다.

"독이 들었을 수도 있어."

나는 경고했다.

그러자 산비가 물었다.

"그 애가 널 좋아하는 건 아닐까?"

"미쳤군."

"어쩌면 맥스가 어떤 내기에서 졌을지도 몰라."

홀던이 말했다.

산비가 치즈케이크 부스러기를 홀던에게 던졌지만 보기 좋게 빗나갔다. 점심시간이 어쩌다 이렇게 되었는지 모르겠다. 하지만 케이크가 맛 하나는 기막혔다.

홀던과 산비, 그리고 나는 점심시간 이후에 같이 공부했다. 똑똑한 산비가 도와줄 수 있을 때 우리는 수학을 공부해야 했다. 그런데 홀던이 휴대폰을 계속 붙잡고 있었다.

"아직도 학생 게시판을 보는 거야?"

내가 묻자 홀던이 대답했다.

"낯 뜨거운 영상들이 줄줄이 올라왔네. 애나 것만 있는 게 아니야."

"정말?"

산비가 물었다.

우리는 몸을 숙여 홀던의 휴대폰을 들여다보았다.

"윽, 불쌍한 마커스."

내가 말했다.

영상에서, 마커스의 열린 남대문 사이로 셔츠 자락이 펄럭이고 있었다.

"마커스는 왜 이 영상을 내리지 않는 거지?"

홀던이 물었다.

"아직 못 봤나 보지."

내가 말하자, 산비가 콧잔등을 찡그리며 말했다.

"마커스를 비웃는 몇몇 애들한테는 이 영상이 그렇게 충격적이지도 않을 거야."

슬프게도 그건 사실이었다. 평소에도 마커스 그리가 지나가면, 친구들은 "구려! 구려! 구려!" 하며 연호했다. 마커스의 학교생활이 더 나빠질 것 같지는 않았다.

"크로프턴 선생님한테 저렇게 앉으면 안 된다고, 누가 말할래?"

산비가 물었다.

나는 다시 한번 몸을 숙였다. 책상에 다리를 꼬고 앉아 있는 미술 선생님의 사진이 보였다. 그런데 딱 달라붙은 원피스가 위로 쑥 올라가 있어서 허벅지가 꽤 많이 보였다. 나는 홀던에게 부탁했다.

"로그아웃 안 할래? 속이 울렁거려."

홀던이 말했다.

"맘에 걸리는 게 있어. 마커스 영상은 각도가 좀 이상해. 애나도 화면 한가운데에 있지 않고. 이 영상들을 누가 찍었을까?"

나는 홀던의 휴대폰을 들여다보았다. 불현듯 이 영상들이 어디서 나왔는지 알 것만 같았다.

"찍은 사람은 없어. 누군가 영상을 훔친 거야."

"뭐라고?"

둘 다 혼란스런 표정이었다.

"학교 보안 시스템에서 나온 거야. 마커스 영상을 봐. 인문학 교실의 한쪽 구석에서 찍은 거라고."

나는 산비처럼 수학 천재도 아니고 홀던처럼 아역 스타도 아니었다. 하지만 퍼즐 조각들을 머릿속에서 돌리며 제자리에 딱딱 맞춰 끼우는 걸 무척 잘했다. 내 뇌는 언제나 지도를 그리고 각도를 측정했다. 내가 그것을 원하든 원하지 않든 말이다.

이 영상의 각도를 설명할 수 있는 방법은 그것밖에 없었다.

"그래, 네 말이 맞아."

홀던이 휴대폰을 도로 가져가며 중얼거렸다.

"학교 보안 시스템에 어떻게 들어갔지? 암호화되어 있을 텐데."

산비가 묻자 나는 맞장구를 쳤다.

"아주 좋은 질문이야."

"너는 컴퓨터 천재잖아."

홀던이 산비를 향해 눈썹을 치켜올렸다. 그건 분명 도전이었고, 산비는 결코 도전을 거절하지 않았다.

산비가 가방에서 노트북을 꺼냈다. 그리고 화면을 들여다보며 혼자 중얼거렸다. 그동안 홀던과 나는 수학 문제를 풀었다. 내가 홀던보다 더 많이 맞혔다. 수학은 내가 좋아하는 과목이 아니었지만, 좀 다른 형태의 퍼즐이기도 했다.

그날 저녁, 텔레비전을 늦게까지 봤다. 엄마는 아직 집에 들어오지 않았다.

나는 휴대폰으로 '친구 찾기' 앱에 들어갔다. 아주 작은 엄마 사진이 10분 거리의 어느 집에서 맴돌고 있었다. 한동안 그 앱을 켜

놓고 엄마가 우리 집 쪽으로 오는지 지켜보았다.

나는 엄마가 밖에 있는 것에 익숙했다. 혼자서도 집에 잘 있었다. 하지만 밤에 가끔씩 우리 아파트가 너무 조용하다고 느낄 때가 있었다.

어렸을 때 나는 악몽을 꾸곤 했다. 우리 동네의 어떤 남자애가 납치된 이후로 말이다. '실종: 다니엘 도나반' 그런데 나중에 알고 보니, 그 애 아빠가 데려간 거였다. 양육권 분쟁 같은 거였는데, 그럼에도 불구하고 나는 여전히 무서웠다.

나는 잠을 자려고 한동안 애썼다. 그러다 결국 포기하고서 스탠드를 켰다. 침대 옆 바닥에 둔 할머니의 책을 집어 들었다.

뱅크시는 영국 브리스틀의 그라피티 예술가들과 어울리면서 그림을 시작했다(분명 그 그라피티 예술가들은 뱅크시가 누구인지 알고 있을 텐데, 아무것도 말하지 않고 있다!). 현재 뱅크시는 전 세계를 무대로 활동하고 있다. 뉴욕, 이스라엘과 팔레스타인 사이의 벽, 파리, 심지어는 디즈니랜드에서도 뱅크시의 그림을 볼 수 있다. 뱅크시는 벽에 그림을 좀 더 빨리 그리기 위해서 스텐실 기법을 사용했다.

나는 책장을 넘기며 뱅크시의 작품들을 자세히 살폈다.

딸깍.

현관문 열리는 소리가 들렸다. 신발과 핸드백이 바닥에 떨어지는 소리도 들렸다. 나는 얼른 스탠드를 끄고 뱅크시 책을 이불 안으로 밀어 넣었다. 엄마에게 걱정을 끼치고 싶지 않았기 때문이다. 어쩌면 오늘은 스텐실로 찍어 낸 꿈을 꿀지도 모르겠다.

5. 날벼락

수요일 아침, 엘리베이터에서 나오자 홀던과 산비가 우리 아파트 로비에서 기다리고 있었다.

나는 뭔가 잘못되었다는 것을 바로 알았다. 홀던은 미간을 잔뜩 찡그리고 있었고, 산비는 입술을 잘근잘근 씹고 있었다. 왠지 마음의 준비를 하고 있어야 할 것 같았다.

나는 친구들을 따라 밖으로 나갔다.

"무슨 일이야?"

내 물음에 홀던이 어깨를 으쓱했다. 모퉁이를 돌 때까지 둘 다 아무 말도 하지 않았다. 그런 다음 버스 정류장 벤치에 앉더니 나를 둘 사이로 끌어당겼다.

"대체 왜 그래?"

산비가 내게 휴대폰을 건넸다. 나는 재생 버튼을 눌렀다.

젠장.

이런 젠장, 젠장, 젠장.

미첼 영재중학교의 학생 게시판에 온 걸 환영합니다.

당신은 오늘 285번째 방문자입니다.

〈미첼의 화끈한 소녀〉

4월 24일 1:10 AM, 관리28x5가 게시

미란다88 : 정말 너무 한다. 이건 내려야 해.

플랜스터 : 정색하지 말고, 장난인데 뭐 어때.

EVF : 합성이 아니라 진짜 같은데? 진실아, 밝혀져라!

영상은 나를 뒤쪽 위에서 찍었다. 나는 책꽂이가 빼곡하게 들어찬 도서관에 홀로 앉아 있었다. 요상한 음악 소리가 점점 커졌다. 영상 속의 나는 고개를 돌려 한쪽 어깨 너머를 본 다음 반대쪽 어깨 너머도 보았다.

영상이 슬로모션으로 움직이기 시작했다. 마치 은밀한 스트립쇼를 하는 것처럼, 나는 손을 아래로 내린 다음 셔츠의 단을 잡고 위로 올렸다. 셔츠가 천천히 위로 올라가면서 내 브래지어의 끈이, 그다음에는 내 어깨가 드러났다. 마지막으로 나는 셔츠를 완전히 다 벗었다.

영상이 끝나며 검게 변했다.

나는 차마 고개를 들 수 없었다. 뭐라도 말하려 애썼지만 아무 말도 나오지 않았다.

마침내 산비가 입을 열었다.

"도미니카……, 도서관에서 왜 옷을 벗었어?"

"옷을 벗고 있었던 게 아니야."

홀던이 말했다.

나는 정말 고마워서 홀던에게 살짝 기댔다.

"그런데……, 왜?"

산비가 또다시 물었다.

나는 불쑥 소리쳤다.

"안 그랬다니까! 셔츠를 뒤집어 입고 있어서 원래대로 돌려 입은 것뿐이야. 주변엔 아무도 없었다고!"

토할 것만 같았다.

나는 고개를 떨어트렸다. 손으로 턱을 괴고 인도를 가만히 내려다보았다. 그냥 땅속으로 사라져 버렸으면 좋겠다. 내가 말했다.

"애나 영상이 나오기 전이었어. 지금까지 완전히 잊고 있었다고."

"감시 카메라를 깜빡했구나."

산비가 말했다.

그러자 홀던이 으르렁거리며 말했다.

"으으윽, 이 웬수 같은 감시 카메라."

학생 게시판에서 애나의 코 후비기 영상은 사라졌고, 내 영상은 마커스의 남대문 영상 바로 뒤에 있었다.

"정말 끔찍해. 대체 누가 올린 걸까?"

내가 묻자 산비가 고개를 저었다.

홀던이 말했다.

"시스템을 해킹할 수 있는 사람이지. 어쩌면 한 명이 아니라 여러 명일 수도 있어. 사용자 이름이 전부 다르거든."

"이 사이트에 접속했던 사람과 학생들, 그리고 사용자 이름의 명단을 다 찾아봤어. 그런데 게시물들의 어떤 것도 그것과 일치하지 않더라고. 좀 더 알아내려면 관리자 권한이 필요해."

산비가 말했다.

나는 끄응 신음 소리를 내며 물었다.

"어떻게 나한테 이런 일이 일어났지?"

"어쩌면 시스템을 해킹당한 게 아닐지도 몰라. 누군가가 비밀번호를 훔친 걸 수도 있어."

산비가 말하자 홀던이 물었다.

"누가 그럴 수 있지?"

"조쉬?"

내가 그냥 한번 던져 보았다.

조쉬는 미첼의 얼간이들 중에서 단연 최고일 뿐만 아니라 교장 선생님의 아들이기도 했다.

산비가 우리를 번갈아 쳐다보았다. 홀던은 어깨를 으쓱해 보였다.

순간 어제 학교 식당에서 있었던 일이 떠올랐다. 가슴이 철렁 내려앉았다.

"맥스가 나한테 치즈케이크를 주면서 미안하다고 했잖아. 혹시 이거 때문에?"

"그건 좀 이상해."

홀던이 말했다.

"그런가?"

나는 숨을 크게 들이마셨다. 숨이 잘 모아지지 않았다. 무너지는 모래성을 억지로 떠받치고 있는 느낌이었다. 나는 무릎 사이로 고개를 떨어트렸다. 산비가 몸을 숙이고서 내 얼굴을 보며 물었다.

"집으로 갈래, 아니면 학교로 갈래?"

나는 아무 생각도 없었다. 아니, 생각할 수가 없었다.

"어느 쪽이든, 우리가 같이 있어 줄게."

홀던이 말했다.

나는 그 말에 위안을 받았다. 하지만 언젠가는 학교에 가야 할 것이다. 그만둘 계획이 아니라면 이 일은 극복하는 게 나았다.

"그래, 학교에 가자."

"진짜? 확실해?"

산비가 물었다.

"물론 확실하진 않지. 하지만 어쨌든 윤리 수업을 듣고 싶어."

뱅크시. 나는 오전을 뱅크시에 대해서만 생각하며 보낼 것이다.

우리는 벤치에서 일어나 학교로 향했다. 나는 다리에 힘을 주며 한 걸음 한 걸음 내디뎠다. 내 영상은 오늘 아침 복도에서 가장 인기 있는 오락거리였을 것이다. 모두들 그걸 보았을 것이다. 갑자기 숨이 막히기 시작했다.

뱅크시. 그래, 뱅크시만 생각하자.

이미 수업종이 울려서 우리는 사무 비서인 마시 씨에게 확인을 받아야 했다. 금발 곱슬머리인 마시 비서는 언제나 미소를 짓고 있었다. 마시 비서가 우리에게 노란색의 지각 쪽지 세 장을 주면서 속삭였다.

"얼른 들어가. 교장선생님 보시기 전에."

그랬다. 우리는 서둘러 수업에 들어갈 거고, 나는 뱅크시에 대해 생각할 것이다. 그리고 모든 게 잘될 것이다.

뱅크시는 쥐에 특별한 감정이 있었다. 사람처럼 옷을 입은 쥐, 시위 플래카드를 들고 있는 쥐, '올라가지 마시오' 표지판에 올라가 있는 쥐, '놀지 마시오' 표지판 아래서 공을 차는 쥐. 뱅크시는 쥐를 좋아했다.

나는 뱅크시에 대해 생각할 것이다. 아무 일도 안 일어난 척할 것이다.

6. 후유증

교실은 웅얼거리는 대화 소리와 노트북 자판 두드리는 소리로 활기가 넘쳤다. 우리가 교실에 들어가자 갑자기 조용해졌다. 모두들 휘둥그레진 눈으로 나를 쳐다보았다.

나는 앞으로 나가 지각 쪽지를 제출한 다음, 책상에 미끄러지듯 앉았다. 내 뒤에서, 조쉬 패거리들이 쓰레기를 먹는 갈매기 떼처럼 낄낄 웃으며 꽥꽥 소리치고 있었다. 내가 힐끗 돌아보자 조쉬가 나를 보며 히죽 웃었다.

갑자기 분노가 치밀어 올랐다. 덕분에 창피하다는 감정을 어느 정도 극복할 수 있었다. 나는 바인더를 열고 종이를 넘기면서 뱅크시 제안서를 찾았다. 손이 바들바들 떨렸다.

* 프로젝트 제안서

뱅크시의 거리 예술

- 도미니카 리버스

뱅크시는 익명의 길거리 예술가다. 1990년대 초에는 영국 브리스틀에서 그라피티 예술가 그룹인 '드라이브레즈'의 일원으로 활동했다. 뱅크시는 많은 작품에서 당시의 사건이나 정치적인 주제에 대해 자신의 견해를 밝혔다. 예를 들어, 2015년에는 프랑스의 한 난민 텐트촌에 애플의 공동 창업자인 스티브 잡스가 매킨토시 컴퓨터를 들고 있는 그림을 그렸다. (스티브 잡스는 시리아 이민자의 아들이다.)

예술에 담긴 메시지와 그런 작품을 만들기 위해 꼭 필요한 용기, 그리고 개인적인 명성보다는 그것의 의미를 위해 예술을 하는 뱅크시의 활동이 내게 많은 영감을 준다. 나는 이런 것들을 프로젝트에서 탐구할 것이다.

조쉬 패거리들은 전부 휴대폰을 꺼내 놓고 있었다. 길고 낮은 휘파람 소리가 들렸다.

나는 이를 악물었다. 그런 다음 검은색 펜을 꺼내 내 프로젝트 제안서의 제목에 밑줄을 그었다. 힘을 너무 줬더니 종이가 찢어져 버렸다.

하이파이브를 나누는 소리가 교실에 울려 퍼졌다.

조쉬가 속삭였다.

"도미니카, 그 일을 전문적으로 할 생각은 없니?"

"당연히 있겠지. 이건 다 연습이었던 거야."

누군가 말했다.

나는 책상에 얼어붙어 있었다.

"얘들아! 제발, 집중 좀 해라!"

서튼 선생님이 소리쳤다.

나는 눈시울이 뜨거워졌다. 더 이상 버틸 수 없었다. 자리에서 일어나 문 쪽으로 몸을 돌렸다. 그러다 책상 모서리에 옷이 걸리고 바인더가 바닥에 떨어졌다. 종이 몇 장이 펄럭이며 빠져나왔다. 하지만 걸음을 멈추고 그것들을 주울 수 없었다.

"도미니카, 어디 가니?"

서튼 선생님은 오늘 아침의 어수선한 분위기 때문에 적잖이 당혹한 것 같았다.

"몸이 좀 안 좋아요."

홀던이 서튼 선생님에게 말했다.

"도미니카, 그래도……."

나는 선생님의 뒷말을 듣지 못했다. 가장 가까운 화장실을 찾아 복도를 내달리고 있었기 때문이다. 아침에 먹은 것을 토하기 직전, 화장실에 간신히 도착했다. 손이 또 떨렸다. 온몸이 부들부들 떨렸다.

화장실 칸막이 벽에 기대고 앉아 숨을 천천히 쉬려고 애썼다. 나는 아직도 펜을 손에 쥐고·있었다. 그런데 너무 꽉 쥐고 있어서 손톱이 손바닥을 푹 찌르고 있었다. 나는 억지로 손가락에서 힘을 뺐다.

누군가 화장실 벽에 쓴 낙서가 눈에 띄었다. '레베카, 왕재수.' 레베카가 누구지? 무슨 짓을 했기에 이런 소리를 듣는 거지? 아, 사람들이 나에 대해선 대체 뭐라고 써 놓을까?

나는 펜을 움직였다. 처음에는 '왕재수'라는 글자를 쥐 그림으로 바꿨다. 뱅크시가 주로 그리는 쥐처럼 말이다. 하지만 끝에 있는 '수' 글자를 털이 북실북실한 꼬리로 바꾸면서, 결국 커다란 눈망울에 수염이 길게 자란 다람쥐로 마무리 지었다. 나는 '레베카'란 글자가 완전히 사라질 때까지 검은색 펜으로 계속 선을 그었다. 그래, 적어도 나는 레베카를 위해 뭔가를 했다.

그때 화장실 문 열리는 소리가 끼익 났다.

"나야."

미란다 목소리였다. 문 밑으로 미란다의 신발이 보였다. 오늘은 표범 무늬였다.

"서튼 선생님이 너 괜찮은지 보고 오라고 하셨어."

나는 화장실 칸막이 문을 밀고 나갔다.

"산비 좀 데려다줄래? 수학 수업을 듣고 있을 거야."

"그래."

미란다는 수학 교실까지 뛰어갔다 왔나 보다. 정말 순식간에 산비가 내 옆으로 와 바닥에 앉았다. 미란다가 문 옆에서 우리에게 잠깐 손을 흔들었다.

"서른 선생님한테는 쉬고 있다고 말할게."

내가 고맙다고 인사하기도 전에 미란다는 떠났다.

산비가 타일 바닥에서 엉덩이를 들썩이며 내게 가까이 왔다. 그러고는 내 어깨에 그 애 어깨를 기대고서 그냥 그렇게 기다렸다. 나는 한숨을 내쉬었다. 머리를 뒤로 젖혀 화장실 칸막이 벽에 기대며 말했다.

"전학 가야 할지도 몰라."

"아니야. 너는 잘 이겨 낼 수 있을 거야. 그리고 나랑 떨어지면 안 돼."

나는 치밀어 오르는 분노와 당혹감을 억누르고 이성적으로 생각하려 애썼다.

"영상을 삭제해야 해. 그게 제일 먼저야. 그리고 그런 짓을 한 사람들에게 죗값을 물려야지. 그러니까 학교에다……."

내가 말하자 산비가 물었다.

"교장선생님하고 이야기해 보고 싶니?"

"아니. 하지만 그래야겠지?"

"알았어. 그럼 가자."

산비는 나를 혼자 보낼 생각이 아예 없는 것 같았다.

나는 최악의 날을 보내고 있었다. 하지만 적어도 내게는 최고의 친구들이 있었다.

화장실에서 교장실까지 가는 내내 나는 감시 카메라만 보았다. 이렇게 많았나? 복도 구석마다, 문 위마다 검은색의 동그란 물체들이 있었다. 교장실 문 위에는 감시 카메라가 두 대나 있었다. 나는 그것들을 곁눈질로 흘끗 보았다. 하나는 대기실을, 다른 하나는 안내 데스크를 보고 있는 것 같았다.

"무슨 일이니?"

감시 카메라에 너무 집중한 나머지 나는 마시 비서의 목소리를 거의 듣지 못했다. 산비가 대신 대답했고, 마시 비서는 우리를 교장실로 안내했다.

나는 문턱에 발가락을 찧었지만 하나도 아프지 않았다.

교장선생님이 문간에 서 있는 우리를 보고 몸을 앞으로 내밀며 두 손을 꼭 모았다. 그러고는 입가의 근육을 단단히 당기며 미소 지었다.

"그래, 무슨 일로 왔니, 얘들아?"

우리는 검은색 의자에 걸터앉았다. 책상을 가운데 두고 교장선생님과 마주 보았다. 나는 산비를 본 뒤, 다시 교장선생님을 보았다. 그리고 숨을 크게 들이마셨다.

"학생 게시판과 관련해서 어떤 문제가 생겼어요."

내가 말했다. 그런 다음…… 아무 말도 못 했다.

산비가 몸을 앞으로 내밀었다.

"누군가가 도미니카 영상을 올렸어요. 그 영상은……, 도미니카가 절대로 하지 않을 일을 마치 한 것처럼 보이게 해요."

정말 그랬다. 내가 했다는 것만 빼면.

"그래, 영상을 한번 보자."

나는 두 번의 시도 끝에 간신히 비밀번호를 제대로 누를 수 있었다. 그리고 내 휴대폰을 교장선생님에게 건넸다.

교장선생님이 재생 버튼을 눌렀다. 그런 다음 한 번 더 보았다.

나는 호흡에 집중했다.

"도미니카, 설명 좀 해 줄래? 학교에서 왜 옷을 벗었지? 요즘 유행하는 장난 같은 거니?"

나는 고개를 저었다.

"셔츠를 뒤집어 입고 있었어요. 그래서 다시 뒤집은 거예요. 도서관에는 아무도 없었고요."

"분명히 누군가가 거기 있었어."

교장선생님이 휴대폰을 돌려서 내 쪽으로 휙 밀었다. 마치 선생님의 손가락이 그것에 오염되는 걸 더 이상 원치 않는다는 듯.

산비는 책상 밑으로 교장선생님을 걷어차고 싶은 눈치였다.

"교장선생님, 거기엔 아무도 없었어요. 이건 학교 감시 카메라에서 나온 거라고요."

교장선생님이 이전까지 위협적인 표정이었다면, 지금은 완전 불벼락을 내릴 것만 같은 표정이었다.

"말도 안 되는 소리 하지 마."

나는 휴대폰을 다시 교장선생님 쪽으로 살짝 밀었다.

"찍힌 각도를 보면 아실 거예요."

그러자 교장선생님이 한 손으로 책상을 탁 내리쳤다. 휴대폰이 들썩거렸다.

"이런 행동은 용납할 수 없어."

1억 분의 1초 동안, 나는 교장선생님이 그 영상을 훔친 사람에게 말하는 줄 알았다. 그런데 교장선생님은 손가락으로 나를 가리키며 말했다.

"너, 앞으로는 아무 데서나 옷 벗지 마."

그런 다음 그 손가락을 그대로 산비 쪽으로 옮겼다.

"그리고 너는 이 문제에 대해서 더 이상 아무 말도 하지 마."

교장선생님이 자리에서 일어났다. 그리고 문을 열어 주며 우리가 알아서 나가게 했다.

나는 휴대폰을 움켜쥐었다. 물어보고 싶은 게 많았다. 하지만 간신히 입을 열고 떨리는 목소리로 더듬거리며 한 말은 고작 "저기…… 그러니까……." 뿐이었다.

"내가 알아서 다 처리할 거야."

교장선생님의 목소리에는 조금의 떨림도 없었다.

우리는 교장선생님의 스카프 자락을 지나 대기실로 빠져나갔다. 그러다 맥스 엄마와 부딪힐 뻔했다. 학부모 위원회의 위원장인 맥스 엄마는 안내 데스크에 몸을 기대고서 긴 손톱으로 가죽 핸드백을 톡톡 치고 있었다.

맥스 엄마가 교장선생님에게 미소를 보내며 밝게 인사했다.

"어머, 잘 있었어, 캐서린."

세상에, 교장선생님과 이름을 부르는 사이였다니!

나는 뒤를 돌아보았다.

교장선생님의 눈썹이 평소 그 자리로 돌아가 있었다.

"패트리샤, 어쩐 일이야?"

그런 다음 교장선생님이 우리를 보며 말을 이었다.

"얘들아, 이 문은 언제나 열려 있단다."

교장선생님은 맥스 엄마를 안으로 안내한 뒤, 문을 굳게 닫았다.

수업을 마치고 나는 곧장 집으로 가지 않았다. 아직도 너무 화가 나고 위축되고 불안했다. 나는 우리 아파트에서 한 블록 더 가 '출입 금지' 표지판을 지난 뒤, 오렌지색의 공사 울타리 틈새로 미끄러지듯 들어갔다.

이곳은 몇 년 전에 알았다. 대저택이 있던 자리에는 콘크리트 토대가 잘게 부서져 있었고, 그 부지의 한쪽 끝 정원에는 잡초들이 마구 자라고 있었다. 작은 연못 위로 단풍나무 가지들이 늘어져 있었다. 내가 연못가에 서 있으면 물고기들이 그림자를 향해 쏜살같이 헤엄쳐 왔다.

나는 정원으로 한두 걸음 들어가다 뚝 멈췄다. 연못가의 내 자리에서 라쿤 가족이 놀고 있었다. 통통한 어미 라쿤은 연못가에 쪼그려 앉아 있었고, 새끼 라쿤 세 마리는 물속으로 굴러떨어지거나 그 안에서 첨벙거리고 있었다. 나는 풀밭에 주저앉아 꼼짝 않고 가만히 있었다. 새끼 라쿤들이 물에서 나와 몸을 흔들고 어미와 함께 관목 사이로 사라질 때까지 그냥 쭉 지켜보았다.

나는 그 뒤에도 움직이고 싶지 않았다. 머리 위의 나무에서는 새들이 지저귀고 나뭇잎들은 바람에 흔들리며 바스락거렸다. 여기 앉아 있으니 마음이 차분해지는 것 같았다. 나는 잠시 세상으로부터 벗어나 있었다. 피해야 할 감시 카메라도 없고, 두려운 영상도 없고, 무시해야 할 속삭임도 없었다. 어쩌면 이 정원에 텐트를 치고 평생 살아야 할지도 몰랐다.

7. 사라진 게시물

집에 가자마자 학생 게시판부터 확인했다. 영상이 없어졌다. 댓글도 전부 사라졌다.

나는 노트북을 움켜쥐고 내 방으로 향했다. 그러면서 안 좋았던 일은 생각하지 말자고 혼잣말을 했다. 나는 윤리 프로젝트를 할 것이다. 학교에서 바인더를 떨어트리고 종이를 몇 장 흘리면서 제안서를 제출하지 못했다.

할머니가 준 뱅크시 책과 내 노트북을 갖고 침대에 앉자, 기분이 좋아서 현기증이 일어날 정도였다. 나는 노트북의 빈 화면을 응시했다. 그러면서 수업 시간에 뱅크시 프로젝트를 발표하기 위한, 천재적이고 멋들어진 첫 줄을 생각하려 애썼다.

아무것도 떠오르지 않았다.

내가 천재가 아니어서 그럴지도 몰랐다. 그러니까 내 말은……
나는 수학을 잘했다. 그리고 꽤 괜찮은 예술가였다. 하지만 사람들
은 산비나 애나처럼, 어떤 증명서를 갖고 있는 영재들을 좋아했다.
홀던조차도 화려한 과거를 갖고 있었다. 나는 내 능력을 들키지 않
으려고 열심히 노력하는 사기꾼에 가까웠다.

애초에 내가 이 대단한 학교에 어떻게 들어갔는지 모르겠다.

아니, 사실 나는 알고 있었다. 그건 할머니 덕분이었다.

내가 5학년일 때 할머니는 어느 유명한 콜라주* 예술가의 전시회
를 주최했다. 엄마는 그 전시회 개회식에서 음식을 제공했다. 나도
쫄래쫄래 따라갔지만, 처음 10분 동안만 신나고 금방 지루해졌다.

나는 어슬렁거리며 화랑 뒤편에 있는 할머니의 사무실로 갔다.
몇 년 동안 나는 그곳에서 그림을 그리거나 색을 칠했다. 이번에
는 밖에 전시된 콜라주의 영향으로, 할머니 책상 위에 있던 청록색
의 빈 청구서 용지를 찢었다. 그리고 그것들을 프린터 용지에 조각
조각 이어 붙이거나 꽃잎 모양으로 붙였다. 찢어서 맞추고 붙이기,
그것만 하면 되었다.

행사는 너무 오래 계속되었다. 나는 그 용지에 뺨을 누른 채 잠
이 들었다. 어느 순간 엄마가 와서 책상에 엎드린 나를 들어 올렸
다. 그런 다음 집에 데려가 침대에 눕혔다. 나는 내 콜라주를 완전

---

* 화면에 종이나 인쇄물, 사진 따위를 오려 붙이는 기법.

히 잊고 있었다.

들자 하니, 그건 '피보나치수열'이었다고 한다. 피보나치수열이란 '1, 1, 2, 3, 5, 8, 13……'처럼 앞의 두 수를 더해 다음 값이 나오는 수의 정렬을 말한다. 이러한 패턴은 조개껍데기나 솔방울, 나선형 은하에서 발견되지만, 일반적으로 아이들의 콜라주에서는 발견되지 않았다.

몇 달 후, 할머니는 나를 어디론가 데려갔다. 거기에는 털이 보송보송한 하얀색 개와 작은 플라스틱 조각들을 콩 모양의 천에 집어넣은 폭신한 의자가 있었다. 그리고 온갖 퍼즐로 가득했다. 나는 시공간 능력에서 상위 1퍼센트에 들었지만 나중에야 그것을 알았다. 그러니까 할머니가 어느 주말 브런치에 미첼 영재중학교의 합격 통지서를 들고 왔을 때 말이다.

미첼 영재중학교의 선생님들은 피보나치에게서 영감을 받은 내 예술을 보고 내게 놀라운 잠재성이 있다고 생각했을지도 모른다. 하지만 나는 그 콜라주 예술가의 뛰어난 선 감각을 그냥 베꼈을 뿐이다. 나는 퍼즐만 잘 맞추는, 가짜 천재일 가능성이 높았다.

목요일 아침, 산비와 나는 1교시 수업을 들으러 가고 있었다. 애나가 우리 옆으로 와서 반갑게 인사했다.

"얘들아, 잘 지냈니?"

산비와 나는 서로 눈빛을 교환했다. 학생 게시판에서 영상이 사라지긴 했지만, 그렇다고 해서 잘 지낸 건 아니었다. 분명 애나도 잘 지내지 못했을 것이다. 그런데 얘는 어떻게 이렇게 빨리 일상으로 돌아갈 수 있었을까?

"응."

산비와 나는 동시에 말했다.

"너 좀 피곤해 보인다."

애나가 내게 말했다.

어쩌면 애나는 학교에서 내 영상을 보지 못한 유일한 사람일 수도 있었다. 어제 기후 변화의 해결책을 찾거나, 멸종 위기의 펭귄을 구하면서 시간을 보냈을지도 모른다.

"도미니카, 좋아 보이네."

조쉬가 우리 옆을 휙 지나가며 말했다. 그러고는 두 손을 자신의 가슴에 대고 동그랗게 모아 쥐었다. 너무 끔찍했다.

산비가 얼른 내 팔을 잡았다. 애나는 조쉬의 뒷모습을 가만히 보면서 한쪽 눈썹을 살짝 치켜올렸다. 애나는 분명 내게 무슨 일이냐고 물어볼 것이다. 하지만 나는 정말로 설명해 주기 싫었다. 노박 선생님이 나타났을 때 이번만은 무척 반가웠다.

"얘들아, 얼른 움직여야지!"

노박 선생님의 목소리 울림이 사물함에서 사라지기도 전에 우리 셋은 인문학 교실로 서둘러 올라갔다. 교실에 들어가자마자, 리 선생님이 칠판으로 돌아서서 로마의 황금시대에 대해 웅얼거리기 시작했다.

나는 손가락을 관자놀이에 갖다 댔다. 마치 그렇게 하면 뇌가 무너지는 것을 막을 수 있는 것처럼.

"왜 그래?"

홀던이 조용히 물어봤지만 나는 고개를 저었다. 뒤에 앉은 산비가 내 어깨를 토닥토닥 두드렸다. 그러자 곧 울음이 터질 것만 같았다.

언제나 그렇듯 뒷줄에서 바스락거리는 소리와 속삭이는 소리가 들렸다.

나는 흘끗 뒤를 돌아보았다. 그러다 우연히 맥스와 눈이 마주쳤다. 나는 얼른 시선을 다시 앞으로 돌렸지만, 귀는 계속 뒤를 향하고 있었다. 녀석들이 숫자들을 쭉 불렀다. 뭘 하고 있는지 도무지 이해할 수 없었다.

"진짜? 나는 네가 시작하기도 전에 10억 포인트를 딸 수 있어."

조쉬의 목소리였다.

"네가 시도하는 걸 보고 싶네."

"자, 숫자 세."

나는 얼굴을 찡그렸다. 뒤에서 속삭이는 소리가 계속 들렸다. 꾸깃꾸깃 구겨진 동그란 종이 뭉치가 내 책상 옆에 떨어졌다. 그것을 집으려고 몸을 숙이자, 늑대처럼 울부짖는 소리가 길고 느리게 들렸다.

산비가 몸을 획 돌리며 말했다.

"너희들, 입 좀 다물어 줄래?"

그러자 조쉬가 두 손을 허공에 들었다. 자신은 완전 결백하다는 듯, 살면서 한 번도 나쁜 생각을 해 본 적 없다는 듯.

"멍청한 놈."

내가 중얼거렸다.

리 선생님이 혀를 끌끌 차며 말했다.

"에휴, 그냥 상대하지 말거라."

눈물이 왈칵 쏟아졌다. 왜 나한테 이런 일이 생긴 거지?

나는 앞을 똑바로 보며 눈을 힘껏 깜빡였다. 그리고 입술을 앙다물었다.

하루가 너무 느리게 갔다. 우주가 나를 고문하는 것 같았다. 마지막 종소리를 듣고 그렇게 행복한 건 처음이었다. 그런데 내가 사물함에 도착했을 때 문자가 하나 왔다.

미란다 : 안녕, 도미니카! 나 미란다야. '미첼의 소리' 블로그에 글을 올리려고 해. 학생 게시판의 해킹 문제를 다뤘지. 네가 읽고서 의견을 달아 주면 정말 좋을 거야. 한두 문장이라도.

내가 신음 소리를 크게 냈나 보다. 산비와 홀던이 몸을 숙여 내 어깨 너머로 문자를 읽으려 했다.

"미란다한테는 아무 말도 하지 않을 거야."

내가 말하자 산비가 대꾸했다.

"어쩌면……."

"절대 안 해. 그 영상에 대해 한 사람이라도 더 알게 되면 나는 감당할 수 없을 거야. 그리고 지금은 집에 가 봐야겠어. 학교에서 엄마한테 연락했을지 모르니까."

산비와 홀던도 우리 집에 같이 갔다.

엄마가 집에 왔을 때 엄마의 두 뺨은 요가로 상기되어 있었다. 엄마는 무척 행복한 표정으로 홀던과 산비에게 타코를 차려 주었다. 그리고 디저트로 분홍색 사탕을 올린 초콜릿 타르트까지 내주었다.

우리 셋이 설거지를 하겠다고 약속하자, 엄마는 나머지 일을 하러 방에 들어갔다.

"근데 지금 당장은 못 하겠다. 배불러서 움직일 수가 없어."

내가 산비와 홀던에게 말했다.

우리는 잔뜩 먹은 바다코끼리처럼 거실 바닥에 아무렇게나 널브러져 있었다. 그러고는 자연스럽게 타르트의 분홍색 사탕들을 서로에게 집어 던지기 시작했다.

"잠깐만."

홀던이 내 노트북을 커피 테이블로 가져갔다.

"노크북에다 뭐 흘리면 안 돼!"

학교에서는 우리에게 노트북을 하나씩 나눠 주었다. 교장선생님은 키보드에 뿌려져 있는 타르트 부스러기들을 절대 달가워하지 않을 것이다.

"교장하고 또 만나서 이야기하고 싶지 않단 말이야."

홀던이 내 말을 못 들은 척했다.

"듣고 있는 거야?"

나는 노크북 반대쪽으로 더 멀리 기어갔다. 그런 다음 분홍색 사탕을 집어서 홀던에게 던졌다. 홀던이 그것을 개구리처럼 받아먹었다.

"나도!"

산비가 홀던 뒤에 있는 소파에서 준비했다. 나는 사탕을 산비 입에 겨눈 뒤 던졌다. 실패. 다시 도전. 또 실패. 그다음에는 홀던이 중간에 톡 튀어나와 사탕을 입으로 받아먹었다.

산비가 코를 킁킁거리며 웃었다.

"좋아, 그만. 이웃집에서 뭐라 하겠다."

하지만 어느새 나도 웃고 있었다. 마음속 고통을 어느 정도는 잊을 수 있었다.

설거지를 끝내고, 산비와 홀던이 집으로 돌아간 건 8시가 조금 넘어서였다. 엄마가 방에서 나오더니 와인을 한 잔 따르고 거실 소파에 털썩 앉았다. 힐끗 보니, 교장선생님에게서 전화는 안 온 모양이었다.

나는 엄마 옆에 앉았다. 거기 앉으니 커피 테이블 밑에 쌓인 분홍색 사탕들이 보였다. 지금 저것들을 가지러 가는 건 너무 힘들 것 같았다.

엄마 휴대폰이 윙윙 울렸고, 엄마가 그것을 힐끗 보았다.

"일이에요?"

엄마가 고개를 저었다.

"프랭크가 밖에서 한잔하겠냐고 묻네. 괜찮겠니?"

나는 엄마에게 그동안의 일을 털어놓을 수 있었지만 그러고 싶지 않았다. 그렇게 하면 나는 또 울음을 터트릴 것이고, 엄마는 데이트를 취소하고 학교에 전화하겠지. 그러면 나는 또 교장선생님과 고통스런 자리를 가져야 할 것이다. 그런 다음에는 할머니에게 내가 왜 셔츠를 벗게 되었는지 설명해야 할 것이다.

나는 억지로 고개를 끄덕이며 말했다.

"네."

"그럼 이제 나갈 준비를 해야겠다."

엄마가 나간 뒤, 나는 소파에서 내려와 분홍색 사탕들을 치웠다. 적어도 어떤 엉망진창은 해결하기 쉬웠다.

나는 노트북을 들고 방으로 갔다. 이번에는 뱅크시를 검색하지 않았다. 대신 검색창에 다른 이름을 쳤다.

그레이든 카메론.

즉시 십여 장의 사진이 떴다. 그레이든 카메론과 우리 엄마는 분홍색 종이우산이 꽂힌 거대한 칵테일을 들고 있었다. 그레이든 카메론은 가죽 재킷을 입고 오토바이 옆에 서 있었다. 그레이든 카메론은 해변에서 축구공을 들고 있었다. 그 사진에서, 그러니까 우리 엄마의 화장대에 있는 것과 똑같은 그 사진에서, 그레이든 카메론은 카메라 렌즈를 똑바로 응시하고 있었다. 초록색 눈동자는 웃음으로 반짝이는 것 같았다.

엄마는 내 눈이 그 사람과 닮았다고 했다.

그레이든 카메론은 내 이름을 검색창에 쳐 본 적 없을 것이다. 왜냐하면 내가 아기였을 때 오토바이 사고로 죽었기 때문이다. 인터넷 화면에 올라온 사진들 중 하나는 그의 장례식 장면이었다.

아빠가 없는 건 좀 짜증 나는 일이었다. 하지만 반대로, 내 브래지어 영상을 아빠와 이야기해야 한다면 정말 끔찍할 것이다. 차라리 엄마와 이야기하고 말지.

나는 학생 게시판을 클릭했다.

그 게시물은 여전히 없었다.

나는 노트북을 옆으로 밀어놓고 침대에 털썩 누웠다. 다 끝났다. 속삭임과 휘파람은 좀 더 있겠지만 모두들 곧 잊어버릴 것이다.

8. 다람쥐

금요일 아침, 방에서 나오자 엄마가 자랑스러운 듯 과장된 동작으로 프렌치토스트를 내주었다.

"네가 좋아하는 거야!"

"근데 배 안 고파요."

다시 학교 복도를 지나야 한다고 생각하니 배 속이 막 땅겼다. 그래, 나도 안다. 내 동영상이 게시된 건 불과 이틀 전이었다. 하지만 모두들 빨리 다른 것에 신경 썼으면 좋겠다.

"너 요즘 바빴잖아! 자, 몇 입만이라도 먹어 봐."

엄마에게 무슨 속셈이 있는 게 분명했다. 저렇게 환한 미소를 보면 알 수 있었다.

"프랭크를 초대했어. 내일 저녁 먹으러 올 거야."

"그럼 저는 할머니랑 있을까요?"

그러면 엄마는 이 아파트에서 프랭크 아저씨와 둘만 있을 수 있었다.

"아니야! 네가 프랭크를 만났으면 좋겠어. 너랑 할머니 둘 다. 이제 그럴 때가 되었지."

나는 별 반응을 보이지 않으려고 프렌치토스트를 입에 쑤셔 넣었다. 엄마가 내 이마에 입을 맞추었다.

"너도 좋아하게 될 거야."

엄마는 아까보다 더 환하게 미소 지었다.

학교에 도착했을 때 여기저기서 키득거리는 소리가 들렸다. 친구들은 다른 일로 웃고 있는지도 몰랐다. 그냥 내가 다들 나만 보고 있다고 상상하는지도 몰랐다.

어쨌든 오늘 1교시는 미술이었다. 물감 냄새를 맡자 마음이 금세 가라앉았다. 나는 잠시 행복하고 조용한 시간을 보냈다. 그런데 학교 방송으로 마시 비서의 목소리가 나오자 수업은 중단되었다.

"모두 집중해 주시기 바랍니다. 수업 중이기는 하지만, 10분 후에 강연이 있을 예정이니 모두들 강당으로 모여 주시기 바랍니다."

나는 붐비는 복도에서 홀던과 산비를 발견했다. 산비가 물었다.

"갑자기 웬 강연?"

"내 영상을 공개적으로 토론하지 않는 한, 나는 상관없어."

설마, 할까? 아니겠지?

우리는 줄 서서 강당으로 들어가 접혀 있는 의자를 내리고 앉았다. 교장선생님이 무대에 올라 마이크를 톡톡 치더니, 늘 그렇듯 '세쿠리타스 제네라 빅토리아'에 대해 떠벌리기 시작했다.

"안전은 성공을 일으킨다."

교장선생님이 미소 띤 얼굴로 강당을 쭉 훑어보았다.

"우리는 이 모토를 중심으로 여기 미첼 영재중학교의 모든 것을 결정합니다."

교장선생님이 통계를 보여 주며 '집단 따돌림'을 얼마나 근절했는지 설명하기 시작했다. 산비가 내 쪽으로 몸을 기울이며 속삭였다.

"네 말이 맞았어. 조쉬였어. 그 애의 사용자 이름하고 네 영상을 올린 익명의 사용자 이름이 서로 연결되어 있었어. 분명 같은 사람이야."

으윽. 나는 진심으로 그 일을 떠올리고 싶지 않았다.

홀던이 몸을 숙이며 물었다.

"뭔가 알아냈어? 누구야?"

"조쉬."

속이 뒤틀렸다. 나는 조쉬가 연관되어 있을지도 모른다고 추측했다. 하지만 지금은 그 모든 게 완전히 이해되었다. 조쉬는 학교를 자신의 개인 왕국처럼 여겼다. 그 애는 어느 곳이든, 그러니까 교장실 같은 곳도 얼마든지 들락날락할 수 있었다. 그래서 이런 일을 해낼 수 있었다. 그리고 조쉬는 기본적으로 아무도 건드릴 수가 없는 애였다.

"저 자식을 그냥."

홀던이 말했다.

무대에선 교장선생님이 방문객들 중 한 명을 무대 위로 불러 반갑게 맞이했다.

"이분은 '인피니티' 보안업체에서 오신 소사 씨입니다. 이번 달부터 미첼 영재중학교와 함께 일하기로 했죠. 학생들이 인터넷 공간을 안전하게 사용하고 유지하도록 도와줄 겁니다."

젠장. 이제 우리는 학생 게시판의 게시물에 대해 토론할 것이다.

예상대로 소사 씨는 인터넷 안전에 대해 이야기했다. 그러면서 자신의 알몸을 인터넷에 올리면 안 된다고 했다. 정말로 그렇게 말했다.

얼굴이 다 화끈거렸다.

우리가 줄 서서 강당을 빠져나갈 때, 산비와 홀던이 그 이야기를 다시 꺼냈다.

"예상 못한 인물은 아니야."

홀던이 말했다.

산비가 고개를 끄덕였다.

"그 애의 계정부터 살펴봤지. 그런데 로그인 페이지에 몰래 들어가서 그 애 것이 맞는지 확인하는 데 시간이 좀 걸렸어."

여기서 그 애란 당연히 조쉬를 말하는 거였다. 작년에 작은 컴퓨터 사고가 있었는데, 학생들이 전부 수학에서 A 학점을 받은 것이다. 학교에서는 '소프트웨어 오류'였다며 가정통신문을 돌렸지만, 조쉬가 학교 시스템에 접근한 거라는 소문을 완전히 잠재우시는 못했다.

문뜩 나는 궁금해졌다.

"그러니까 학교 컴퓨터를 누가 해킹했는지 알아내려고, 학교 컴퓨터를 해킹한 거야?"

산비가 얼른 손가락을 입에 대며 쉿! 했다.

나는 산비에게 말했다.

"네가 프로그래밍을 잘한다는 건 알고 있었지. 근데 이거 참, 뭐라 해야 하나."

"그렇게 어렵지 않았어. 바로 그게 무서운 거지. 나는 거기에 들어갈 수 없었어야 해. 조쉬도 마찬가지고."

우리는 복도 모퉁이를 돌았다. 그러자 친구들과 무리 지어 있는 조쉬가 보였다. 산비는 망설이지 않았다. 뚜벅뚜벅, 그 애 바로 앞까지 가서 말했다.

"얘기 좀 하자."

그 무리들이 일순간 침묵에 잠겼다.

조쉬가 산비를 보며 어깨를 으쓱했다.

"정중하게 부탁해야지. 날 그렇게 원한다면 말이야."

조쉬가 자기 무리들을 웃게 할 요량으로 그쪽을 보며 눈썹을 송충이처럼 꿈틀거렸다.

홀던은 개똥을 밟은 듯한 표정이었다.

산비는 조만간 폭발할 것만 같았다.

"너희 엄마한테 가서 이야기해야 할 것 같아. 우리 같이 가서."

산비의 목소리는 낮고 위협적이었다.

"교장선생님과 이야기한다고? 아주 훌륭한 생각이구나."

노박 선생님의 걸걸한 목소리에 우리는 전부 화들짝 놀랐다. 대체 어디서 나타난 거지? 노박 선생님은 팔짱을 딱 끼고 복도 한가운데에 서 있었다.

"얼른 교실로 들어가, 지금 당장!"

산비와 나는 서둘러 복도를 지나갔다. 홀던은 미술 수업을 듣기 위해 반대편으로 어슬렁어슬렁 걸어갔다.

"홀던, 빨리빨리, 서둘러."

노박 선생님이 소리쳤다.

"우리를 스토킹하고 있는 게 분명해!"

산비는 이렇게 말한 다음, 나와 헤어져 컴퓨터실로 향했다.

체육관으로 가는 내내 나는 숨도 제대로 쉬지 못했다. 폐 안에 공기를 가득 넣을 수 있다면 소리를 바락바락 지를지도 몰랐다. 그때 나는 깨달았다. 나는 당황한 게 아니었다. 몹시 화가 나 있었다. 손이 부들부들 떨렸다.

체육관 복도에 다다랐을 때 나는 천천히 걸었다. 바닥과 벽에서 퉁퉁거리는 농구공 소리가 들렸다. 누군가 슛을 쏘자 함성이 울렸다.

나는 들어갈 수 없었다. 지금 이 상태에서는 그랬다.

체육관 문 왼쪽에 감시 카메라가 있었다. 그건 복도를 겨누고 있었다. 저 감시 카메라 바로 밑에 있으면 나는 보이지 않을 것이다. 주변을 둘러보았다. 다른 감시 카메라는 없었다.

나는 가방에서 마커펜을 찾아 손에 꼭 쥐었다. 복도를 한 번 더 위아래로 빠르게 훑어보았다. 아무도 보이지 않았다. 마커펜을 꼭 쥐고 사각지대에 서 있으니 어떤 단어가 떠올랐다. 파놉티콘. 내게 이 단어를 가르쳐 준 사람은 홀던 엄마였다.

작년에 감시 카메라가 처음 설치되기로 했을 때 홀던 엄마는 그것에 단호히 반대했다. 나는 홀던 엄마와 부엌에서 파놉티콘에 대해 이야기했던 것이 떠올랐다.

"그래, '선샤인 스폿'에서의 점심은 어땠니?"

홀던 엄마가 우리에게 물었다.

"우리가 거기 있었다는 거, 어떻게 아셨어요?"

홀던이 되물었다.

그날은 보기 드물게 화창한 2월의 어느 토요일이었다. 우리는 산비를 만나 해변을 산책했고, 4번가에 있는 작은 식당에서 점심을 먹었다. 외관은 오래되어 낡아 보이지만, 음식값은 엄청나게 비싼 그런 식당이었다.

"파놉티콘."

홀던 엄마가 말했다.

"심각하군."

홀던이 말했다.

"눈은 어디에나 있단다."

눈썹을 치켜올리며 말하는 홀던 엄마의 얼굴이 홀던과 꼭 닮아
있었다.

"파놉……, 뭐라고요?"

내가 묻자, 홀던이 중간에 끼어들었다.

"그런 거 묻지 마."

"파놉티콘은 영국의 철학자인 제러미 벤담이 제안한 원형 교도
소야. 죄수는 바깥의 원을 돌며 생활하고, 교도관은 가운데의 높은
탑에서 죄수를 감시하도록 설계했지."

"들었지? 오싹하다니까."

홀던이 내게 말했다.

"죄수는 교도관이 자신을 언제 감시하는지 전혀 몰라. 그래서 늘
감시받고 있다고 생각하며 생활해야 하지."

홀던 엄마가 말했다.

"완전 제 이야기네요."

홀던이 말하자, 홀던 엄마가 웃었다.

"파놉티콘은 실제로 지어지지 않았어. 그리고 이 경우에는, 네 아빠가 차를 몰고 그 식당 옆을 지나다가 우연히 너희를 본 거야."

나는 안도감 같은 게 들었다. 홀던 엄마가 우리를 비밀리에 감시하고 있다는 생각은 좀 별로였다. 하지만 나는 더 이상 파놉티콘에 대해 생각하지 않았다. 그때는 그랬다.

지금은 파놉티콘을 생각하는 게 아주 적절해 보였다.

복도에는 여전히 아무도 없었다.

나는 감시 카메라가 있는 벽 쪽으로 몸을 돌린 뒤, 렌즈 가까이로 손을 쭉 뻗었다. 쥐 모양부터 대충 그리기 시작했다. 뱅크시처럼. 그런데 꼭 따라하는 것 같았다. 그때 다람쥐가 떠올랐다. 화장실 칸막이에서 그렸던 그 다람쥐 말이다.

쥐를 다람쥐로 바꾸는 데는 1분도 안 걸렸다. 그런 다음 그 밑에 '파놉티콘'이라고 적었다.

나는 한 번 더 복도를 쭉 훑어보았다. 아무도 없었다. 마커펜을 가방에 넣었다. 손이 또 떨리기 시작했다. 아까보다 더 심하게. 하지만 신기하게도 기분은 훨씬 더 좋아졌다.

나는 복도를 따라 여자 탈의실로 향했다. 그리고 문을 홱 열고 들어가다…….

아이쿠! 애나와 세게 부딪쳤다. 우리는 서로 반대 방향으로 나가떨어졌다. 애나의 바인더가 열린 채로 날아가 바닥에 떨어졌다.

"아니, 여기서……."

"미안!"

나는 먼저 일어나 애나의 바인더를 집었다. 그런데 애나가 나를 향해 허둥지둥 기어 오더니 그것을 낚아챘다. 바인더의 모서리에 내 팔찌가 걸렸다.

"잠깐!"

나는 내 쪽으로 팔찌를 당기고 애나는 애나 쪽으로 바인더를 잡아당겼다. 그러다 팔찌가 툭 끊어졌다. 아주 작은 파란색 구슬들이 반은 복도로, 반은 탈의실의 때 묻은 타일로 날아갔다.

"이런! 정말 미안해!"

애나는 진심인 것 같았다.

"괜찮아. 중고 세일할 때 산 거야."

나는 바인더로 다시 눈을 돌렸다. 의도한 건 아니었지만, 바인더 밖으로 삐죽 나온 종이가 보였다. '비밀번호'라는 글자가 분홍색으로 크게 쓰여 있고 밑줄이 두 개나 그어져 있었다. 그 아래에는 청록색 잉크로 쓴 숫자들이 쭉 있었다. 피보나치수열. 나는 그것을 알아보았다.

애나는 바닥에 떨어진 구슬들을 주워 담더니 벌떡 일어나 바인더를 그러안았다. 나는 애나를 멀뚱멀뚱 쳐다보았다.

"늦었어."

애나가 이렇게 말하고는 복도로 종종걸음을 놓았다.

나는 궁금했다. 탈의실에서 대체 뭘 하고 있었던 거지? 바인더에는 왜 그런 숫자들이 적혀 있는 거지?

하루 종일 이런 생각들이 머릿속에서 떠나지 않았다. 그런데 바쁜 사람은 나만 있는 게 아니었다. 종이 울리기도 전에 내 휴대폰에 알림 표시가 떴다. 블로그 게시물이 새로 올라와 있었다.

미첼의 소리
해커들이 대혼란을 일으키다
미란다 보웬

이번 주 초, 미첼 영재중학교의 학생 게시판에서 몇몇 사람들이 표적이 되었다. 익명의 사용자가 학생 세 명과 교사 한 명의 낯 뜨거운 영상을 올린 것이다.

"마음의 상처로 남았어요. 이렇게 해서 대체 뭘 얻으려는 거죠?" 표적이 된 학생이 이렇게 말했다. 그는 사생활 보호를 위해 자신의 이름을 알리지 말아 달라고 요청했다.

"학생들의 사생활을 완전히 침해하는 끔찍한 일이에요." 이번 피해자 중 한 명과 친한 친구인 산비 아가왈이 말했다. "학교에서 즉각적인 조치를 취해야 한다고 생각해요. 누가 이런 짓을 했는지 알아낸 다음 그 사람을 학교에서 쫓아내야 해요."

교장선생님은 이에 대한 답변을 회피했다.

9. 스파이

　나는 학교 식당의 우리 자리에 털썩 앉았다. 산비는 들고 온 쟁반을 내 옆에 탁 내려놓았다. 누군가를 살해할 것만 같은 표정이었다. 홀던은 현명하게도 아무 말 하지 않았다.

　"조쉬가 틀림없어. 히죽히죽 웃는 거 봤지?"

　내가 말했다.

　"난 말이야, 우리가 이 상황을 그냥 조용히 넘기고, 사람들이 빨리 잊어버리기를 바라는 줄 알았어."

　홀던이 말했다.

　산비는 알 수 없는 단어들을 중얼거렸다.

　"걔들이 그만두지 않으면? 뭔가 더 나쁜 일을 꾸미고 있으면? 걔들이 인문학 수업 시간에 하는 얘기 들었니?"

나는 홀던과 산비에게 조쉬가 10억 포인트를 딸 거라고 자랑했던 일을 말해 주었다.

"걔네들 도박하나 보다."

홀던이 말했다.

"홀던!"

산비가 소리쳤다. 그러자 홀던이 한숨을 내쉬며 물었다.

"이제 어떻게 하지?"

다행히도 나는 그것을 알아냈다. 체육관에서 여기로 오는 동안 숨을 고르면서 말이다. 홀던에게 말했다.

"스파이가 돼 줘야겠어."

그러자 산비가 손가락을 딱 튕기더니 나를 가리키며 말했다.

"훌륭한 아이디어야."

"아니, 끔찍한 아이디어야."

홀던은 우리가 그 애한테 돼지우리에서 구르라고 요구한 것 같은 표정이었다. 하지만 홀던이라면 무슨 일이 벌어지고 있는지 알아낼 수 있었다. 그것도 아주 손쉽게.

"무슨 일이 벌어지고 있는지 알아내야 해."

내가 말하자, 홀던이 주장했다.

"그냥 내버려두면 이 일은 더 빨리 끝날 거야."

"진심이야? 다른 영상이 나올 때까지 기다리자고?"

산비가 물었다.

"나는 그런 녀석들과 달라. 같이 섞일 수가 없단 말이야."

홀던이 말했다.

"당연히 그렇지. 하지만 너는 그런 척, 할 수 있어."

나는 홀던이 별것 아닌 일에 왜 이렇게 유난을 떠는지 이해할 수 없었다.

"너, 겁먹었구나."

산비가 사악하게 눈썹을 들어 올리며 말했다.

홀던이 끙 앓는 소리를 내더니 한숨을 푹 내쉬었다. 우리가 이겼다.

"하루나 이틀 정도 시간을 줘. 알아낼 수 있는지 없는지 한번 볼게. 하지만 장담은 못 한다."

우리가 자리에서 일어나려고 할 때, 휴대폰 세 개가 동시에 윙윙 울렸다. 산비가 먼저 집었다.

"애나야."

"바로 저기 코앞에서 문자를 보낸다고?"

나는 애나를 보았다. 그 애는 테이블 건너 건너에 있었다. 애나는 내가 쳐다보고 있다는 것을 알아차리고서 한 손을 요란스럽게 흔들었다.

애나 : 안녕! 너희들 번호, 미란다한테서 받았어. 우리는 내일 저녁에 치즈 케이크 카페에서 만날 거야. 너희도 올래?

홀던 : 미안. 선약이 있어서. 재밌게 놀아라.

나 : 우리 엄마 남자 친구 만나야 해. ☹

애나 : 우와! 괜찮은 분이길 바랄게! ☺

산비 : 미란다랑 만난다고?

애나 : 응! 나랑 미란다, 그리고 치즈케이크!

산비 : 오케이. 나도 갈게.

애나 : 야호!!!

애나가 또 손을 흔들었다. 이번에는 두 손으로.

나는 산비를 흘끗 보며 물었다.

"진짜로 갈 거야?"

산비가 얼굴을 붉혔다. 정말 이상했다.

"애나랑?"

"미란다가 있잖아. 학교 밖에서 이야기할 수 있는 좋은 기회야. 너도 알다시피, 그 애의 블로그 게시물이나……, 뭐 그런 것들에 대해서."

내가 좀 더 물어보려 하자, 저쪽 조쉬의 테이블에서 한바탕 웃음소리가 들렸다. 그 남자애들 중 하나가 느린 동작으로 셔츠를 벗으며 어깨와 엉덩이를 흔들어 댔다.

"얼른 나가자."

홀던이 말했다.

식당에서 나가는 동안 홀던이 내 손을 꼭 잡아 주었다. 홀던의 어깨에 기대어 울고 싶기도 했지만 그건 조쉬가 이기게 하는 거였다.

나는 숨을 크게 들이마신 뒤, 잡은 손을 놓았다.

"수업 준비를 해야겠어."

나는 몇 분이라도 조용히 있어야 했다.

"저 자식들은 얼간이들이야!"

산비가 내 뒤에서 소리쳤다.

나는 돌아볼 수 없었다. 눈을 계속 깜빡여야 했기 때문이다.

수업이 끝나고 잠시 쉬는 시간이 생겼을 때 나는 다람쥐를 또 그렸다. 교장실에서 모퉁이를 돌면 바로 나오는 복도 구석에다 말이다. 다람쥐를 그리는 내내 교장선생님이 또각또각 걸어와 모퉁이를 돈 다음 나를 탁 잡을 것만 같았다. 하지만 그런 일은 생기지 않았다. 나는 서치라이트 불빛을 온몸으로 받고 있는 다람쥐를 그렸다. 밑에는 '파놉티콘'이라고 적었다.

나는 이상하게도 이런 다람쥐들에게 애착을 느끼고 있었다.

산비 엄마가 학교 앞에 검은색 메르세데스 벤츠를 대고 그 안에서 할 일 없이 시간을 보내고 있었다.

"얘들아, 여기야!"

산비 엄마가 우리 둘에게 너무 열정적으로 손을 흔들자 산비가 몸을 움츠렸다.

"아, 머리 아파."

뒷좌석에 올라타자마자 내가 말했다. 나는 머리를 산비 어깨에 기댔다. 산비는 내 머리에 손을 얹었고, 나는 산비의 다른 손 위에 내 손을 얹었다. 우리는 무슨 샌드위치처럼 그렇게 머리, 어깨, 손을 서로 포개고서 뒷좌석에 앉아 있었다. 산비 엄마가 아트센터의 주차장으로 휙 들어갈 때까지 말이다.

산비 엄마는 잘 알려진 예술 후원가였다. 그래서 산비 엄마와 우리 할머니가 미첼 영재중학교의 입학식에서 서로를 알아봤을 때, 두 분은 산비와 나만큼이나 행복해했다. 그리고 우리는 아주 오래전부터 아트센터에서 개인 레슨을 받고 있었다.

"데려다줘서 고맙습니다."

나는 산비 엄마에게 인사했다.

"자, 이제 가서 많이 배우고 오렴!"

우리는 차 문을 닫을 때까지 미소를 유지했다. 하지만 뒤돌아서서 한숨을 내쉬었다.

"내 예술적 재능은 완전 코딱지만 한데."

산비가 말했다.

그건 사실이었다. 그리고 나는 이 레슨을 무척 좋아했다. 하지만 오늘은 왠지 온몸에서 에너지가 다 빠져나간 느낌이었다.

"그래, 좋아. 그림을 그리면서 우리의 감정을 전부 털어 내자고."

산비가 말했다.

불행하게도 우리 강사는 그렇게 호락호락한 사람이 아니었다.
안드레이 강사는 예술을 감정의 발산 수단으로 보지 않았다. 강사
에게 예술은 소명이었다.

"집중. 잡생각은 그만."

안드레이 강사가 산비 옆을 지나가며 소리쳤다.

"네 영상만 사라진 게 아니야. 학생 게시판 전체를 아예 다 내렸
어. 분명 교장이 그랬을 거야."

안드레이 강사가 연필을 정리하느라 바쁜 틈을 타 산비가 속삭
였다.

적어도, 이건 좋은 소식이었다. 다시는 학생 게시판에 들어가고
싶지 않았다.

"그럼 이제 조쉬를 어떻게 하지?"

내가 속삭였다.

"그 영상을 어떻게 얻었는지 알아낸 다음, 땅을 치고 후회하게
만들어 줘야지."

"좋았어. 그럼 그다음엔…… 복수?"

"아직 거기까진 생각 안 해 봤어. 나중에 알려 줄게."

"우리의 분노를 위해."

우리는 산비의 성공을 기원하며 마치 건배하듯 서로의 연필을
톡 부딪쳤다.

토요일 아침, 잠에서 깼다. 엄마는 여전히 자고 있었다. 나는 그릇에 시리얼을 붓고 식탁에 앉아 문자를 확인했다. 미란다 블로그에서 새로운 알림이 와 있었다.

미첼의 소리

학생 게시판의 실패

미란다 보웬

지난 주 보안상의 결함이 몇 차례 발견된 뒤, 행정실은 학생 게시판을 무기한 폐쇄하기로 했다. 부적절한 영상들이 익명으로 게재되었기 때문이다.

"학생 게시판은 학생들의 활동을 조직하고 그룹 프로젝트를 조정하는 등 책임감 있게 사용되어야 합니다. 이러한 오용은 절대 용납할 수 없습니다."

금요일 오후, 플랜트 교장선생님이 보내 온 이메일에는 이렇게 적혀 있었다.

학생 게시판이 언제 재개되느냐의 질문에, 교장선생님은 학부모 회의와 학교 이사회에서 그 문제를 다룰 예정이라고 했다. 하지만 학생 게시판이 조만간 재개될 거라는 기대는 하지 않는 게 좋다. 미첼 영재중학교의 다음 학부모 회의는 5월 13일 월요일로, 앞으로 2주 이상 남앉기 때문이다.

나는 휴대폰을 옆으로 치운 뒤, 남은 하루 동안 그 멍청한 학생 게시판에 대해 생각하지 않기로 맹세했다. 내 뇌는 휴식이 필요했다. 그리고 할머니가 아침에 쇼핑하자며 나를 불렀다. 나는 평소에 쇼핑을 좋아하지 않았다. 하지만 오늘처럼 뭔가 딴생각을 하고 싶을 때에는 쇼핑이 딱인 것 같았다.

두세 시간 후, 엄마가 여전히 실내복을 입고 커피를 홀짝이고 있을 때 할머니가 아래층에서 초인종을 눌렀다. 할머니와 나는 기분 전환을 위해 쇼핑에 나섰다.

할머니가 고급 상점들이 즐비하게 들어선 롭슨가에 주차했다. 그러자 마치 다른 세계로 탈출한 것 같은 기분이었다. 나는 학교, 조쉬, 그 영상과 관련된 모든 것을 잊으려 애썼다. 할머니와 나는 데이트를 연장해서 점심도 먹고 영화도 보았다. 그리고 마침내 아파트로 돌아가자 클래식 음악이 흘러나오고 있었다. 향수 냄새도 은은하게 났다.

이번 주에는 우리의 일상적인 일요일 브런치 대신, 토요일 저녁에 프랭크 아저씨와 식사하기로 했다.

"엄마?"

"우리 여기 있어! 어서 들어오렴."

나는 할머니의 스웨터를 벽에 건 뒤, 바닥에 떨어진 엄마 선글라스를 집었다. 할머니는 내 뒤에서 계속 맴돌았다. 우리 둘 다 먼저 들어가는 일을 서로에게 미루고 있는 건 아닐까.

"모두 모였군요!"

거실에 들어서자 엄마가 미소 지으며 말했다. 엄마와 프랭크 아저씨는 소파에 나란히 앉아 있었고 커피 테이블에는 와인 잔이 놓여 있었다.

"만나서 반갑습니다."

프랭크 아저씨가 할머니 볼에 입을 맞추며 인사했다.

"도미니카, 너도 만나서 반갑구나."

할머니는 안락의자에 걸터앉았다. 그리고 영국 여왕처럼 다리를 우아하게 꼬았다. 프랭크 아저씨는 다시 소파에 앉아 한쪽 팔을 엄마 어깨에 둘렀다. 나는 어떻게 해야 하지? 저쪽 소파에 같이 껴서 앉아야 하나? 그때 엄마가 말했다.

"저녁을 오븐에 넣고 올게요. 그동안 셋이서 이야기 좀 나눠요."

엄마 얼굴에서 빛이 났다.

우리는 전부 부엌으로 가는 엄마를 멀뚱히 쳐다보았다.

소파에 자리가 났다. 프랭크 아저씨 바로 옆에. 저 자리만은 피하고 싶었는데, 정말 어쩔 수 없었다.

"두 분은 어떻게 만나셨어요?"

나는 최대한 소파 팔걸이 쪽으로 몸을 붙이며 물었다.

"행사장에서 만났지. 내가 애피타이저를 먹고 있는데, 아, 그건 정말 맛있었단다. 아무튼 그때, 너희 엄마가 테이블 맞은편에 나타났지."

"요가 스튜디오의 오픈 행사였어! 3월이었는데, 기억나지?"

엄마가 부엌에서 소리쳤다.

이번에는 할머니가 물었다.

"그래서 주로 어떤 법을 다루나요?"

"정말 운명적이지 않니?"

엄마가 삼각형으로 자른 납작한 빵과 당근 소스를 갖고 돌아오며 대화에 끼어들었다. 그건 엄마가 특별히 자신 있어 하는 요리였다.

"그러네요."

내가 대답했다.

"그래서 주로 다루는 법이 뭔가요?"

할머니가 다시 물었다.

"인권입니다."

프랭크 아저씨가 대답했다. 할머니는 살짝 감명받은 눈치였다.

"도미니카, 네 이야기를 듣고 싶구나."

프랭크 아저씨의 목소리는 감청색 양복과 잘 어울렸다. 세련되고 매끄러웠다.

"취미가 뭐니? 가입한 클럽은 있니? 스포츠 팀에서 활동하니?"

"미술 레슨을 따로 듣고 있어요. 그런데…… 아까 인권이라고 하셨죠?"

"그래. 인간은 인간으로서 당연히 누려야 할 권리가 있지. 피부색이나 성별, 성적 성향 같은 거에 상관없이 전부 평등하게 대우받아야 할 권리가 있어. 우리는 언론의 자유도 다룬단다."

"사생활도요?"

"응, 그것도."

프랭크 아저씨가 커피 테이블로 손을 뻗었다. 거기에는 내 뱅크시 책이 있었다.

"아주 흥미로운 친구지. 언젠가 인권 전문 변호사가 필요할지도 몰라."

프랭크 아저씨가 미소 지으며 말했다.

"뱅크시에 대해 알고 있나요?"

할머니가 몸을 앞으로 내밀며 물었다.

"모르는 사람이 있을까요? 뉴욕 가판대에서 있었던 일, 아시죠? 뱅크시가 직접 서명한 판화들을 거기서 단돈 10달러에 팔았는데, 그게 뱅크시의 원본 작품이라는 걸 눈치챈 사람은 아무도 없었죠."

할머니가 고개를 열심히 끄덕였다. 프랭크 아저씨가 한 문장, 한 문장 끝낼 때마다 할머니는 프랭크 아저씨 쪽으로 슬슬 넘어가고 있었다. 얼마 안 있어 둘은 어느 바이올린 거장이 워싱턴 DC의 지하철에서 바이올린 연주를 했지만, 아무도 그를 알아보지 못한 에피소드에 대해 이야기를 나누었다.

"아이들 몇 명만이 그 자리에 멈춰 섰지."

할머니가 말했다.

나는 이제 그만 듣기로 했다. 뱅크시 생각이 머리에서 떠나지 않았기 때문이다.

"잠시만 실례할게요."

나는 뱅크시 책을 들고 내 방으로 향했다.

"어딜 들어가! 저녁 거의 다 됐어!"

부엌 옆을 지날 때 엄마가 소리쳤다.

"금방 나올 거예요."

나는 방문을 닫았다. 그리고 그냥 거기 가만히 서 있었다. 또다시 가슴속에 응어리가 생겼다. 산비가 그랬다. 화가 난 거라고. 그랬다, 나는 화가 났다.

뱅크시 책을 침대에 올려놨다. 그리고 전에 봤던 그 그림을 찾을 때까지 책장을 계속 넘겼다.

그건 뱅크시가 그라피티 예술가 '오존'을 기리기 위해 그린 천사였다. 뱅크시는 그 그림을 그린 뒤, 자신의 웹사이트에 그것에 대한 메모를 올렸다. 뱅크시는 원래 그 자리에 바나나 의상을 입은 총잡이 두 명의 '허접한 그림'을 그렸다고 한다. 그러자 친구인 오존이 뱅크시 그림 위에 자신의 그림을 덧붙여 그리고는 한쪽 구석에다 이런 글을 휘갈겨 써 놓았다고 한다.

"다음에 더 괜찮은 그림을 그리면, 그건 남겨 두지."

오존은 지하철에 치여 사망했다.

뱅크시는 그때 그 장소에다 오존에게 헌사하는 천사를 그린 다음, 두려움을 모르는 그라피티 작가이자 '통찰력 있는 예술 비평가'가 세상에서 사라졌다고 했다.

나는 뱅크시가 좋은 친구임에 틀림없다고 생각했다.

그리고 점점 더 확신이 들었다. 뱅크시는 절대 친구들이 뱅크시를 위해 싸우도록 내버려두지 않을 것이다. 학생 게시판에서 다른 사람이 괴롭힘을 당할 때 아무것도 안 하면서 빈둥거리고 있지 않을 것이다. 상황이 더 나아지기만을 바라며 조용히 기다리고 있지 않을 것이다.

"도미니카! 저녁 준비 다 됐어!"

"금방 가요!"

나는 용기가 사라지기 전에 얼른 해야 할 일들을 쭉 적었다. 필요한 물품을 갖고 다니고, 학교를 걸어 다니며 감시 카메라의 위치들을 한 번 더 확인해야 할 것이다. 홀던, 산비와도 이야기를 나눠야겠지.

다행히 나는 윤리 프로젝트 제안서를 어제 제출하지 못했다. 바인더를 아무리 뒤적거려도 찾을 수 없었기 때문이다. 하지만 그건 중요하지 않았다. 다른 걸로 쓸 거니까.

"도미니카?"

"가요!"

이제 나는 모든 걸 완전히 바꿔야 할 것이다.

10. 공식 회견

　일요일 저녁, 수학 숙제를 끝내기 위해 산비가 우리 집에 왔다. 하지만 나는 그것보다 더 궁금한 게 있었다. 산비, 애나, 미란다가 모인 치즈케이크 모임에서 과연 어떤 이야기들이 오갔을까? 그런데 산비는 정말 이상하게 굴었다.

　"괜찮았어."

　산비가 짧게 말했다.

　"그게 다야? 그냥 괜찮았어?"

　"우리는 공부를 했지."

　"애나랑?"

　"그렇게 나쁜 애는 아니더라."

　나는 산비를 가만히 보았다. 산비는 세상에서 가장 짜증 나게 구는 영재 두 명과 몇 시간을 보냈다.

"생각보다 재미있었어."

"그래, 좋아. 정말로 무슨 일이 있었던 거야?"

"그냥 모여서 치즈케이크 먹었어! 대체 무슨 이야기를 듣고 싶은 거야?"

나는 산비를 좀 더 오랫동안 바라보았다. 하지만 산비가 수학 문제를 너무 열심히 풀기 시작해서 나는 결국 포기했다. 뭐, 지금 당장은.

우리가 수학 문제를 거의 다 풀었을 때 홀던에게서 문자가 왔다. 우리보고 그쪽으로 와 달라는 내용이었다.

산비 : 네가 이쪽으로 와. 감자칩도 있어.

홀던 : 안 돼. 너희가 와.

나 : 너무 늦었어!

홀던 : SOS.

홀던 : 이젠 문자 보낼 힘도 없다.

산비와 나는 얼른 신발을 신고 나왔다.

산비 : 가는 중!

홀던 : 너희가 문 열고 들어와. 너무 피곤해서 문까지 나갈 수도 없어.

산비가 눈을 굴리며 말했다.

"얘 농담하는 거지, 그렇지?"

그래, 분명 그럴 것이다.

"정말 웃기는 녀석이야."

시간은 거의 9시가 다 되었고 홀던의 집은 어두워 보였다. 산비가 비밀번호를 눌러 뒷문을 열었다. 그리고 2층으로 올라가 홀던의 방으로 들어갔다.

"괜찮아?"

산비가 책상 의자에 앉아 빙그르 돌며 물었다. 확실히 여기 카펫은 재난 지역이었다. 한쪽 구석에는 더러운 빨래가 쌓여 있고 뒤집혀서 펼쳐진 책들은 여기저기 널브러져 있었다. 문가에는 지저분한 그릇들이 아슬아슬하게 쌓여 있었다.

홀던은 침대에 큰 대자로 누워 있었다.

"내가 너를 위해 이 한 몸 희생했다."

"무척…… 불편했구나."

"조쉬, 맥스랑 농구해 봐. 얼마나 불편했는데. 너희는 상상도 못할 거야."

바닥에 앉으면 매우 비위생적일 것 같아서 나는 침대 가장자리에 걸터앉았다.

"모든 것이 포인트에 관한 거였어."

홀던이 말했다.

"농구?"

그러자 홀던이 몸을 반 바퀴 굴려 팔꿈치로 지탱하며 나를 쳐다보았다.

"아니, 농구가 아니야. 나는 네 말대로 스파이가 되었지."

"그래서?"

"그건 시합이었어. 가장 낯 뜨거운 순간들을 영상으로 담아서 포인트를 얻으려고 해. 누군가가 엉덩이를 긁는 장면은 1포인트 정도 돼. 교무실에서 선생님들이 뽀뽀하는 장면은 5포인트 정도 되고."

"교무실에서 선생님들이 뽀뽀했다고? 누구랑 누가?"

산비가 물었다.

홀던이 한 손을 허공에 흔들더니 다시 몸을 뒤집어 대자로 누웠다.

"예를 들어서 그렇다고."

"그러니까 내 영상도 그 멍청한 시합의 하나였던 거야?"

"그 애들의 말에 따르면……, 아니야. 네 영상을 올렸다고 주장하는 녀석이 아무도 없었어. 맥스는 누가 거기에 접속했는지도 모르는 눈치였고. 너는 그 애들의 시합에 어떤 영감을 주었지."

"와우, 내가 누군가에게 동기를 부여할 수 있었다니 무척 자랑스럽군."

아니다, 전혀 그렇지 않다. 나는 잠시 두 눈을 질끈 감았다.

"하지만 그 게시물은 조쉬의 계좌에서 나왔어."

산비가 주장했다.

"그래, 걔라면 그것 갖고 자랑하지도 않았을 거야."

교장선생님이 학생 게시판의 게시물을 삭제했지만 내 영상은 여전히 문자를 통해 퍼지고 있었다. 나는 끙 신음 소리를 냈다.

"이 모든 게 그 애들한텐 게임이구나."

"빙고."

이 단어가 너무 경쾌하게 들렸다.

"너는 어쩜 그렇게 편안할 수 있니?"

산비가 홀던을 째려보며 말을 이었다.

"나는 폭동이라도 일으키고 싶은 심정인데. 아니면 적어도 누군가를 고소하거나."

그러자 홀던이 완전 침착한 목소리로 말했다.

"나도 편안하지 않아. 그냥 이게 도미니카에게 어떤 도움이 될지, 우리가 무엇을 할 수 있을지 잘 모르겠어서 그래. 만약 조쉬가 시작했다면 교장은 걜 보호하려고 들걸?"

홀던 말이 맞았다.

교장선생님은 전혀 객관적이지 않았다. 지난겨울에 조쉬가 학교 레슬링 팀에 선발되지 않자 교장선생님은 그 팀의 여행 지원금을 취소했다.

폭동이든 고소든, 상황을 더 좋게 만드는 건 없었다. 하지만 지금 내게는 계획이 있었다.

"저기, 있잖아, 조쉬는 그 문제들 중 하나……."

"아주 거대하고 불쾌한 문제지."

산비가 중간에 끼어들었다.

"다른 사람이 조쉬한테 내 영상을 줬다면, 또는 그 애의 계좌로 그것을 올렸다면 그 사람도 문제가 되겠지."

"나는 아직도 조쉬가 범인이라고 생각해."

산비가 말했다.

"근데 내 말을 좀 들어 봐. 문제는 그 애들만이 아니라고. 감시 카메라도 문제가 있어. 만약 학교에서 우리를 늘 감시하고 있지 않았다면 인터넷에 올릴 영상도 없었을 거야."

"그래, 맞아. 네 말이 맞아!"

산비가 의자에서 벌떡 일어나더니 홀던의 방을 서성이며 말을 이었다.

"감시 카메라를 없애 달라는 탄원서를 작성하자. 아니면 미란다 랑 이야기해서 언론을 통해 대대적인 공세를 펼치는 거야."

우리에게 필요한 것이 언론을 통한 대대적인 공세라고? 그렇게 되면 내 영상은 어디에나 있게 될 것이다. 언론에서 내 얼굴에 모자이크 처리를 해 줄지도 모르겠지만 그게 나라는 걸 모두들 알게 될 것이다. 나와 내 브래지어가 텔레비전에 나오다니.

"좀 더 치밀한 계획이 필요할 것 같은데……."

내가 상황을 수습하며 나섰지만 산비는 내 말을 듣고 있는 것 같지 않았다.

"아니면 사람들을 엄청 모아서 행진하는 거야. 조쉬는 주된 문제가 아니라고 네가 말했지만, 나는 아직도 그 자식을 학교에서 쫓아내고 싶어."

산비가 잠시라도 침착해지면 나는 다람쥐들에 대해 말하려 했다. 나는 지난주에 이 애들에게 말해야 했다. 왜 안 그랬는지 모르겠다. 그림이 좀 우스꽝스럽게 보인다는 것만 빼고 다 말해야 했다.

그때 산비의 휴대폰이 윙윙 울렸다.

"으윽, 엄마다."

산비가 문자를 보낸 뒤, 말을 이었다.

"엄마가 데리러 올 거야. 그만 가야겠어."

"하지만 할 이야기가 있는데……."

산비는 듣고 있는 것 같지 않았다.

"홀던, 정보 고마워."

산비가 나가면서 문을 닫았다.

나는 기운이 좀 빠졌다. 산비에게 내 계획을 말하고 싶었지만, 산비는 지금 없고 홀던은 아까부터 정신이 나가 있었다.

"나도 가야겠다."

"안 돼, 절대로 안 돼. 꿈도 꾸지 마!"

홀던이 눈을 번쩍 뜨며 말을 이었다.

"내 상태를 봐. 이런 나를 두고 어떻게 갈 수 있냐? 정말 긴 하루였다고. 다리도 아프고 팔도 아파. 오른쪽 팔꿈치도……."

홀던 방에는 욕실이 따로 딸려 있었다. 그곳은 여기보다 약간 덜 더러웠다. 가정부가 일주일에 한 번씩 청소해 주었기 때문이다. 나는 빈 크리스털 유리잔을 찾아서 물을 채웠다. 그리고 테이블에 놓았다.

"나 때문에 고생이 많네. 고마워."

내가 돌아서려 하자 홀던이 내 손을 잡았다.

"저기, 있잖아."

"음……, 그래."

"나는 그냥……, 이런 일이 벌어져서 유감이야. 미안해. 이건 공정하지 못해."

나는 일주일 내내 마음을 잘 추슬렀다. 엄마와 할머니 앞에서는 용감한 얼굴을 했다. 학교에서 토한 사건이 있은 후, 나는 그런 수군거림을 어떻게든 무시했다. 교장선생님 앞에서도 울지 않았다. 정말로 그랬다.

그런데 홀던이 그 애 잘못이 아닌 것에 대해 사과하자 나는 거의 무너질 뻔했다.

그때 홀던 휴대폰으로 문자가 왔다. 일부러 보려고 한 건 아니었다. 하지만 테이블 옆에 서 있다 보니…….

미란다였다.

미란다 : 나야. 벌써 자니?

    나는 홀던 손에서 내 손을 빼낸 다음, 홀던에게 휴대폰을 건네주었다. 홀던이 화면을 좀 오랫동안 보았다.

"가 볼게. 내일 아침에 보자."

    그러자 홀던이 휴대폰을 이불 위로 툭 던지며 말했다.

"뭐? 왜? 영화 보고 가도 되잖아. 너희 엄마한테 전화해서 늦을 거라고 말하면 안 돼?"

    나는 문을 향해 황망히 걸음을 재촉했다. 입술을 꽉 깨물고 울음을 참았다. 나는 울지 않았다. 적어도 방문을 열고 계단을 내려가 거리로 나갈 때까지는.

    골목길 끝에 다다랐을 때 마음이 어느 정도 진정되었다. 나는 다시 거리 예술에 대해 생각했다. 아니, 이 경우에는 학교 예술이겠지.

    나는 뱅크시의 스텐실 기법이 왜 유용한지 알 수 있었다. 그림을 그리고 색을 칠하려면 5분에서 10분이 걸렸다. 스텐실을 이용하면 몇 초면 끝날 것이다. 아파트 로비를 지나 엘리베이터 쪽으로 가자 야간 경비원이 내게 인사했다. 나는 간신히 손을 흔들어 주었다. 머릿속으로 계획을 짜느라 너무 바빴기 때문이다.

월요일 아침, 홀던이 휴대폰을 꺼내더니 산비와 내게 영상을 하나 보여 주었다. 그 오랑우탄 녀석들 중 하나가 보낸 거였다. 영상에서 미란다는 복도를 급히 걸어가고 있었다. 그때 누군가 발을 내밀었다. 그게 우연인지, 아니면 일부러 그런 것인지는 확실히 알 수 없었다. 미란다는 그 발에 걸렸다. 미란다의 책들이 허공을 날았고 필통은 복도 바닥에 미끄러졌다. 미란다는 넘어지면서 팔꿈치와 턱을 바닥에 심하게 찧었다. 미란다가 넘어지는 그 순간은 되감기로 여러 번 반복되었다. '움짤'이라 불리는 인터넷의 짧은 동영상처럼.

그 영상은 다른 것들과 조금 달랐다. 학교 CCTV에서 훔친 영상이 아니라 누군가가 휴대폰으로 몰래 찍은 것처럼 보였다. 영상 아래에는 홀던에게 온 문자도 있었다.

어때. 할 거야. 안 할 거야?

산비와 나는 걸음을 멈췄다.
"내가 이런 일에 연루된 건 다 너희 탓이야."
홀던이 말했다.
산비는 뭔가 썩은 냄새를 맡은 것처럼 콧잔등을 찡그린 채 고개를 끄덕였다.
"미안해. 다 우리 잘못이야."

지난주에 마커스의 남대문이나 애나의 코 후비는 영상을 봤을 때 기분이 '1' 정도 나빴다면, 지금은 그것의 1,000배나 더 나빴다. 내 영상이 나왔을 때 내가 좀 더 물고 늘어졌다면, 엄마와 할머니에게 말해서 학교에 항의했다면 이 영상은 나오지 않았을 것이다.

"조쉬한테 그냥 말해. 너 안 한다고. 그러면 끝이야."

내가 말했다.

"아니야, 그러지 마."

산비가 말했다.

"그러지 말라고? 그게 무슨 소리야?"

홀던이 물었다.

"네가 안 한다고 하면 우리는 그 애들이 뭘 계획하고 있는지 알 수 없어. 저 영상은 절대 우연이 아니야. 치밀하게 계획한 거라고. 저걸 어디서 찍었는지 알고 싶어."

산비가 가방을 고쳐 메고서 학교 쪽으로 빠르게 걷기 시작했다.

"나를 이런 일에 끌어들이지 말라고."

홀던이 산비를 따라잡기 위해 서두르며 소리쳤다.

둘은 계속 다투며 학교에 갔고, 교장실 근처의 복도에서는 목소리를 낮추고서 티격태격했다.

그때 산비가 우뚝 멈췄다. 산비의 시선은 복도 한쪽 구석에 머물러 있었다.

"이게 뭐지? '팬옵콘'이 뭐야?"

산비가 물었다.

나는 혀를 꽉 깨물었다. 산비의 발음을 교정해 주려고 했기 때문이다. 홀던이 나를 힐끗 보며 말했다.

"다람쉬라니, 아주 흥미로운 선택이군. 그렇지?"

나는 애매하게 말을 흐렸다.

우리 셋이 서둘러 교실로 가는데 어느 순간 산비가 말했다.

"바로 여기야. 미란다 영상을 찍은 곳. 봐 봐, 저기 조쉬 사물함. 바로 저기라고."

"나를 찾고 있는 거야?"

으윽, 저 목소리. 나는 그 목소리를 듣자마자 어깨가 잔뜩 긴장되었다.

"아주 놀랍군."

산비가 말했다.

"뭐라고?"

"단어를 조합해서 말할 수 있다니 말이야. 아이큐가 그렇게 낮은데도."

산비는 조쉬 패거리들이 들을 수 있을 만큼 큰 소리로 말했다. 저쪽에서 야유가 터져 나왔다. 맥스가 조쉬의 머리에 농구공을 던지며 말했다.

"이제 그만 놀고 가자. 늦겠다."

그 애들은 교실로 급히 들어갔다. 맥스가 어깨 너머로 나를 힐끗 쳐다보았다. 고개를 아주 살짝 끄덕인 것 같았다.

산비가 조용히 맹세했다.

"나는 저 자식을 꼭 퇴학시키고야 말겠어."

마시 비서가 방송으로 공지 사항을 전달했다. 연례적인 학교 공개 행사가 5월 15일에 있는데, 그날 '학생 성과물 전시회'도 열리니 많은 학생이 참여해 달라는 내용이었다.

홀던이 하품을 쩍 하며 말했다.

"구미가 확 당기는 이야기군."

산비는 수학 수업을 들으러 갔고, 홀던과 나는 윤리 수업을 듣기 위해 계단을 올랐다. 그리고 교실에 들어가자 두 눈이 빨갛게 부어 있는 미란다가 보였다. 누군가 그렇게 비참하게 있을 때에는 제대로 질투하기가 어려웠다.

나는 자리에 앉으며 미란다에게 조용히 말했다.

"유감이야. 하지만 며칠 지나면 괜찮아질 거야."

"저런 녀석들한테 그런 모습 보이지 마."

홀던이 미란다 앞자리에 앉으며 말했다.

미란다가 코를 훌쩍이며 고개를 끄덕였다. 서튼 선생님이 교실로 들어왔고, 우리는 잠시 감시 카메라를 잊었다.

나는 뱅크시 제안서를 쓸 수 없었다. 내가 그라피티를 계획하고 있는 동안에는 그랬다. 그건 마치 이마에다 '내가 바로 그 범인이

오.'라는 딱지를 붙이는 것과 같았다. 나는 할머니가 예전에 빌려줬던 책들 중에서 하나를 기억해 냈고, 5분 만에 새로운 프로젝트 제안서를 다 썼다.

다음 수업은 미술이었다. 크로프턴 선생님은 여전히 헐렁한 옷을 입었고, 마커스는 여전히 보이지 않았다. 수업 중에 알림 문자가 떴다. 나는 휴대폰을 슬쩍 꺼내 책상 밑에서 읽었다.

미첼의 소리
끊이지 않는 보안 문제
미란다 보웬

부적절한 학교 영상이 또다시 등장했다. 복도에서 누군가 고의로 내민 발에 의해 한 학생이 넘어지는 장면이 나오는데, 그 학생은 바로 나다.

치마를 입고 책상에 앉아 있는 선생님과 지퍼가 고장 난 학생, 코를 후비는 학생, 셔츠를 벗는 학생의 영상 파일 들이 익명의 사용자에 의해 올라온 후 학생 게시판은 폐쇄되었다. 게시물들은 삭제되었지만 복사본들이 계속 여기저기 유포되고 있다.

그 영상들의 원본은 학교 CCTV에서 나왔다. 하지만 가장 최근의 영상, 즉 내가 발에 걸려 넘어지는 영상은 휴대폰으로 몰래 촬영되어 문자 메시지를 통해 유포되고 있다. 이 복사본은 익명을 요구한 제보자가 내게 보낸 것이다.

나는 휴대폰을 저쪽으로 치웠다.

잠시 후 크로프턴 선생님이 교실 뒤쪽 선반에 스프레이 페인트 통들을 늘어놓기 시작했다. 분명 다음 수업 시간에 필요한 재료일 것이다. 하지만 그것들은 나를 유혹하며 거기 그 자리에 있었다.

쉬는 시간을 알리는 종이 울리자 누군가 크로프턴 선생님에게 가서 질문을 했다. 다른 애들은 전부 우르르 복도로 나가고 있었다. 나는 문 쪽으로 나가면서 가방에 내 노트북을 집어넣는 척했다. 그러면서 선반 위의 스프레이 통을 집어 가방에 넣는 데 10억분의 1초도 안 걸렸다.

11. 어둠과 빨간빛

월요일 저녁, 나는 침대에 누워서 다음에 그릴 다람쥐를 상상했다. 홀던과 산비에게는 아직 털어놓지 못했지만, 그래도 계속 그릴 작정이었다. 다음에 그릴 다람쥐는 다른 것들보다 훨씬 더 크고 복잡할 것이다. 하지만 완벽할 것이다. 결국 나는 침대에서 일어나 프린트 용지를 자르며 한 시간 동안 스텐실을 만들었다. 그리는 것보다 자르는 게 더 까다로웠다. 일곱 번의 시도 끝에 제대로 완성할 수 있었다. 그리고 마지막으로 그것을 돌돌 말아 가방에 넣은 뒤, 침대로 돌아갔다.

화요일 아침, 노박 수학 선생님이 변수에 대해 웅얼거리며 설명했다. 나는 계속 앉아 있을 수 없었다. 그래서 노박 선생님이 화이

트보드로 몸을 돌리자마자 나는 '화장실 출입증'을 집어 들고 몸을 숙여 복도로 나갔다.

화장실에서 후드티의 모자를 뒤집어썼다. 산비가 조쉬 패거리들이 미란다의 영상을 어디서 찍었는지 가리킬 때, 나는 사진 수업실의 사각지대를 기억해 두었다. 하지만 감시 카메라 범위를 잘못 계산했다면 내 모습이 영상에 찍힐 것이다. 나는 내가 누군지 쉽게 알아차리게 하고 싶지 않았다. 그래서 고개를 푹 숙이고 모자를 꽉 잡아당겼다. 그리고 화장실 문을 미끄러지듯 나가 복도 오른쪽으로 걸었다. 그곳은 안전할 것이다.

발자국 소리가 복도에 울려 퍼졌다.

나는 스텐실을 돌돌 말아 손에 쥐고 있었다. 손가락을 느슨하게 쥐어서 그것이 구겨지지 않게 했다.

그 완벽한 장소에 거의 도달했을 때, 모퉁이 너머에서 선생님들이 이쪽으로 걸어오는 소리가 들렸다. 나는 얼른 옆에 있는 암실로 뛰어들었다.

"어, 뭐야……."

어둠 속에서 누군가 소리쳤다.

심장이 철렁 내려앉았다.

"밖에 빨간 불이 켜져 있으면 들어올 수 없다고!"

나는 사람들이 이곳을 이용하는지 몰랐다. 누가 아직도 필름을 현상하지? 하지만 그곳에는 방을 가로지르는 줄이 몇 개 있었고,

그 아래로 하얀색의 인화된 사진들이 가볍게 흔들리고 있었다. 누군가 그것들을 하나씩 잡아당겼다.

선생님들의 목소리가 멈추지 않고 그냥 지나갔다.

나는 눈을 가늘게 뜨고 이 어둠 속에 있는 사람이 누군지 알아내려 했다.

"도미니카?"

빨간 불빛이 나를 찾아냈다. 나는 문에서 꼼짝 못 하고 서 있었다.

마침내 그 목소리를 알아들었다. 맥스였다. 나는 맥스가 옛날 방식의 사진작가, 즉 필름을 직접 현상하는 사진작가였다는 걸 깜빡하고 있었다. 맥스의 스포츠 사진은 항상 학교 신문에 실렸다. 농구의 슬램덩크나 배구의 스파이크 장면 같은 거. 하지만 여기 이곳, 방을 가로지르는 줄의 한쪽 끝에는 인물 사진 같은 게 걸려 있었다.

맥스는 빨간 불빛을 내 눈에서 떨어트리더니, 그 사진을 잡아당겨 다른 사진 더미에 집어넣었다.

"내 필름을 망칠 수도 있었어."

"미안해."

내가 간신히 말했다.

"그나저나 여긴 왜 들어온 거야? 그리고 너……, 괜찮아?"

맥스가 물었다.

나는 맥스도 그 오랑우탄 무리 중 하나라는 걸 상기했다.

"응, 괜찮아."

나는 가야 했다. 어둑한 불빛 속에서 손잡이를 찾아 더듬거렸다.

"그 영상 일은 유감이야. 지난주에 얘기해 주고 싶었는데, 그렇게 하면 상황이 더 안 좋아질 것 같았어."

맥스는 진심인 것 같았다. 나는 문 앞에서 잠시 멈칫했다.

"근데…… 여긴 왜 들어온 거야?"

"숨었다고나 할까."

나는 더 이상 별다른 말을 안 했다. 맥스가 내게 손짓하며 말했다.

"이리 와서 이것 좀 봐."

그건 미첼 영재중학교의 측벽 사진이었다. 사진 한쪽에는 벗나무 가지도 찍혀 있었다. 맥스는 벽을 따라서 바람에 흐드러지게 날리는 벚꽃을 잘 포착해 찍었다.

"멋진데. 우연히 찍은 거야?"

"아니, 바람에 날리는 건 봤지만 사진을 못 찍었어. 그래서 그런 장면이 또 나타나길 기다리며 밖에서 한 시간이나 앉아 있었지."

나는 깜짝 놀랐다.

아무래도 맥스라는 애를 처음부터 다시 생각해 봐야겠다.

내가 맥스의 사진을 한동안 들여다보자 맥스가 입을 열었다.

"그러니까……, 너는 숨어 있었던 거구나."

"벽에다 뭔가를 막 그리려던 참이었거든."

맥스에게 왜 이런 이야기를 했는지 모르겠다. 대체, 나는 왜 맥스에게 털어놨을까? 홀던과 산비에게도 아직 못 털어놨는데? 아마도 벚꽃 때문이었나 보다. 아니면 암실에서의 그 애 목소리 때문이었거나. 어쩌면 화학 약품이 내 뇌를 혼란스럽게 했을지도 모른다.

맥스가 소리 내 웃다가 멈추고서 물었다.

"네가 뭘 하려 했다고? 설마, 진짜야?"

맥스가 또 불빛을 휙 비췄을 때 나는 어깨를 으쓱해 보였다. 우리는 기이하고 낯선 빨간 불빛에 휩싸여 있었지만, 적어도 나는 그 애의 얼굴을 볼 수 있었다.

"그럴 만한 이유가 있어서 그래."

"그래……."

나는 손바닥을 청바지에 쓱 문지르고서 뒤를 돌았다.

"그럼, 행운을 빈다, 친구."

맥스가 말했다.

나는 심호흡을 하고 암실에서 복도로 나왔다. 이제 거의 다 왔다. 사진 수업실의 문을 살짝 열고 안을 보았다. 아무도 없었다. 복도를 위아래로 찬찬히 훑어보면서 내가 감시 카메라의 사각지대에 정확히 있는지 확인했다. 그런 다음 손을 벽 위로 쭉 뻗어 스텐실을 테이프로 붙였다. 그리고 그 위에 페인트를 골고루 뿌렸다.

끝났다.

그림은 예상보다 더 크고 대담해 보였다.

쉬는 시간을 알리는 종이 울렸다. 나는 얼른 스텐실을 스프레이 통과 함께 돌돌 말았다. 마지막으로 모자를 확인한 뒤, 고개를 푹 숙였다. 그리고 화장실에 잠깐 들러 페인트 통을 쓰레기통에 쑤셔 넣었다.

수요일 오후, 수업이 끝난 우리는 밀크셰이크와 감자튀김을 먹으러 갔다. 식당에 도착할 때만 해도 산비는 괜찮았다. 내가 화장실에 가고, 홀던이 감자튀김을 가지러 카운터에 갈 때까지만 해도 괜찮았다. 하지만 우리가 잠시 자리를 비운 사이에 산비는 미란다의 최근 게시물을 읽었고, 그런 다음……

화가 나서 모든 걸 내뱉었다. 말 그대로, 모든 걸. 산비가 말할 때마다 감자튀김 조각들도 식탁을 가로질러 날아왔다.

홀던은 파편을 피하기 위해 내 어깨 쪽으로 몸을 밀어붙였다.

"이거 봤니, 응?"

산비가 휴대폰을 내 쪽으로 밀었다.

미첼의 소리

의견 : 사이버 공간을 무시하는 관리직원들

미란다 보웬

116

시간이 지날수록, 미첼 영재중학교가 사이버 보안과 학생의 안녕에 대해 위험할 정도로 관심이 부족한 것 같아 우려가 된다. 학생 게시판에 남대문 영상이 올라가 사이버 폭력을 당한 한 학생은 학교를 완전히 떠난 것으로 보인다. 다른 학생들은 너무 화가 나서 그런 혐오스런 사진과 영상에 대해 공개적으로 말하는 것을 꺼리는 것 같다.

플랜트 교장선생님이 사설 경비 회사를 고용했지만, 그 회사의 권한이 학생을 보호하는 것인지 아니면 감시하는 것인지는 불분명하다. 온라인 문제가 연이어 일어나자 플랜트 교장선생님은 이 문제를 더 고려하겠다고 약속했다. 그러면서 내게 '그런 상처에 익숙해질 줄도 알아야 한다'고 했다.

나는 얼굴을 찡그렸다.

"응, 봤어."

"'그런 상처에 익숙해질 줄도 알아야 한다'라니! 교장이 그런 말을 했다는 게 믿어져?"

홀던과 나는 고분고분하게 고개를 저었다.

한 시간 전에 그 블로그를 읽었을 때, 나도 산비만큼 화가 났다. 하지만 지금은 마음속에 계획이 하나 있어서 기분이 훨씬 나아졌다. 그러니까 이 모든 것에 대한 내 의견을 표현할 수 있는 방법이.

"저기, 생각해 둔 게 있는데……."

내가 말을 꺼냈다.

홀던이 기대에 찬 눈빛으로 나를 쳐다보았다.

"학교가 나서서 영상에 대해 대대적인 수사를 하도록 강요해야 해."

산비가 몹시 화를 내며 말을 이었다.

"미란다 말이 맞아. 이건 사이버 폭력이야. 우리는 보도 자료를 써서 언론에 보내야 해. 언론 보도는……."

홀던이 중간에 끼어들었다.

"미란다 엄마가 앵커야. 그 뉴스가 흥미로웠다면 걔네 엄마가 진작 보도하지 않았겠니?"

"우리가 흥미롭게 만들면 돼."

산비가 주장했다.

"어떻게?"

"탄원서를 만들어서 돌리는 거야. 그런 다음, 시위하는 거지."

"너, 오늘 좀 무섭게 느껴진다."

홀던이 산비에게 말했다.

"나는 그저 뭔가를 하고 싶을 뿐이야. 뭔가 큰 거! 학교가 그냥 이렇게 빠져나가게 내버려 둘 순 없어. 자, 말해 봐. 너희는 이 일이 그냥 저절로 해결될 것 같니?"

산비가 우리에게 감자튀김을 흔들며 물었다.

"당연히 아니지."

내가 말했다.

홀던이 나를 또 빤히 쳐다보았다.

"왜 그래? 그렇게 쳐다보지 마."

내가 홀던에게 말했다.

이런 상황에서는 모든 걸 털어놓을 수 없었다. 산비는 사실상 소리를 바락바락 지르고 있었고, 우리 주위에는 수많은 사람들이 있었다.

산비가 말했다.

"내 말 좀 들어 봐. 나는 이것과 관련해서 뭔가를 할 거야. 그게 뭔지 알아? 바로 학교 전체 회의를 여는 거지. 전부 모여서 이야기해 보는 거야. 전부 모여서. 너희 둘은……."

"싫어."

홀던이 말했다.

나는 곧 일어날 집중 공격을 기다렸다. 산비의 얼굴이 무서운 적갈색으로 바뀌고 있었기 때문이다.

"홀던, 계속 그런 식으로 말하면……."

산비가 말했다.

"잠깐만."

홀던이 이렇게 말하며 휴대폰을 들여다보았다.

그리고 고개를 들었을 때 그 애의 얼굴은 완전 창백했다. 새하얗게 질려 있었다.

"맥스가 새로운 영상을 보냈어. 그런데 그 애들 중에서 이것을 찍은 애는 없대."

산비가 홀던의 휴대폰을 식탁 한가운데에 두었다. 그리고 재생
버튼을 눌렀다.

바이올린의 클래식한 선율이 깔리고 홀던과 산비의 사진들이 휙
휙 지나갔다. 홀던과 산비가 도서관에 있는 사진. 홀던과 산비가 카
페에서 마주 보고 있는 사진. 홀던과 산비가 집 근처 거리에서 함께
있는 사진. 거기서 산비는 홀던의 팔꿈치에 매달려 웃고 있었다.

나는 입술을 꽉 깨물었다. 모든 사진에서 산비는 홀던을 바라보
고 있었다. 이마에 네온핑크로 '완전 반함'이란 글자를 써 붙인 것
같았다.

나도 그 사진들 속에 있기는 했다. 마치 배경처럼.

"말도 안 돼. 마치…… 우리가 마치…… 뭐인 것처럼 편집했잖
아."

홀던이 말했다.

산비는 의자를 뒤로 끼익 밀며 일어나더니 가방을 챙겨서 식당
을 나갔다.

홀던과 나는 잠시 서로를 바라보았다. 그런 다음 후다닥 산비를
쫓아 나갔다.

"전혀 사실이 아니야. 누군가가 꾸며 낸 거라고."

홀던이 숨을 헐떡이며 내게 간신히 말했다.

"그래, 네가 그렇게 말한다면."

우리가 산비를 거의 다 따라잡았을 때 산비가 몸을 휙 돌리며 말했다.

"마음을 진정시킬 시간이 좀 필요해. 나중에 문자할게."

우리는 우뚝 멈췄다. 그런 다음 서 멀리 성큼성큼 걸어가는 산비를 가만히 지켜보았다.

나는 산비가 이해되었다. 나 역시 사라지고 싶었다. 순간 이동으로 내 방에 가서 이불을 머리끝까지 뒤집어쓰고 싶었다. 나는 홀던에게 휴대폰을 돌려주며 말했다.

"나도 집에 가야겠다."

"잠깐만!"

홀던이 나와 같이 몸을 돌리더니 내 걸음 속도에 맞춰 걸었다. 나는 홀던의 얼굴을 똑바로 볼 수 없었다. 홀던도 알고 있었다. 내가 그 애를 좋아한다는 걸. 그것도 몇 년 동안이나. 어떻게 모를 수 있을까? 어쩌면 지금껏 내내 산비도 홀던을 좋아했을지 모른다. 그리고 홀던은 산비를 좋아했을지 모른다. 나는 완전 바보가 된 기분이었다.

아파트에 거의 다 왔을 때 홀던이 내 팔에 손을 얹으며 말했다.

"얘기 좀 할래? 집에 들어가기 전에……."

홀던도 내 얼굴을 쳐다보지 못했다.

"큰일도 아닌데, 뭐. 그렇지만 네가 이런 일에 휩쓸리게 된 건 유감이다."

나는 차분하게 말하려 애썼다.

홀던이 갈라진 목소리로 말했다.

"도미니카. 있잖아, 나는 우리가……."

홀던이 말꼬리를 흐렸다.

나는 얼굴이 화끈 달아올랐다. 너무 어색하고 민망했다.

"아무래도 가 봐야겠어. 내일 다시 이야기하자, 알았지?"

몸을 너무 빨리 돌리다가 어떤 할머니랑 부딪힐 뻔했다. 잠시 후, 나는 거울처럼 반들거리는 엘리베이터에 몸을 기대고 있었다. 그 고요함에 감사했다.

홀던에게 내일 다시 이야기하자고 했지만 그러고 싶지 않았다. 나는 이야기하고 싶지 않았다. 앞으로도 계속.

12. 진정한 사랑

다시는 그 영상을 보지 않기로 맹세했지만, 나는 봤다. 그리고 또 봤다. 목요일 아침에 한 번 더 본 것 같다. 아니, 다섯 번 더. 어쩌면 여섯 번이나 일곱 번일 수도 있었다.

결국 나는 가방을 싸서 아침 일찍 학교로 향했다. 그러지 않으면 뇌가 폭발할 때까지 휴대폰을 들여다보고 있을 것 같았다.

학교 복도에 혼자 덩그러니 있으니 좀 이상했다. 아무도 없었다.

내 다람쥐 그림을 알아본 사람은 아직 아무도 없었다. 감시 카메라 바로 밑에 그리다 보니, 눈높이보다 위에 있어서 눈에 잘 안 띄었나 보다. 굳이 위를 쳐다보며 다니는 사람은 없으니까.

어제 수업 끝나고 복도를 지나가는데 맥스가 반대편에서 걸어왔다. 내 옆을 스치고 지나가면서 눈썹을 치켜올렸다. 그 그림을 본 사람이 있는지 물어보는 것 같았다.

나는 고개를 저었다. 아니, 없어.

아마도 며칠 걸릴 것이다. 뱅크시도 사람들이 그의 작품을 알아볼 때까지 종종 오랫동안 기다렸다.

2005년, 누군가 런던의 대영박물관을 돌아다녔다. 그 사람은 노인들이 주로 입는 트렌치코트에 모자, 그리고 스카프를 두르고 있었다. 빨간색의 작은 선물 가방을 들고 있었는데, 그 안에는 친구에게 줄 초콜릿이 들어 있는 것 같았다.

잠시 동안 그 사람은 미술관을 거닐었다. 미술 작품을 오래 감상하지도 않았고, 누구와 대화하지도 않았다. 그 사람은 중세 공예품관에서 멈췄다. 주변에 아무도 없었던 것 같다. 어쩌면 누군가 있었지만, 다른 작품들을 감상하느라 그 노인에게는 신경 쓰지 않았을 수도 있다. 그건 아무도 모른다. 왜냐하면 감시 카메라가 없었기 때문이다. 적어도 그 방향을 가리키는 건 없었다.

그 사람은 작은 돌덩이를 벽에 붙였다. 거기에는 쇼핑 카트를 미는 원시인이 그려져 있었다. 그 돌덩이를 알아본 사람은 사흘 동안 아무도 없었다. 박물관 직원이 뱅크시의 웹사이트에 들어갔다가 우연히 알게 되었다. 웹사이트에 뱅크시의 작품을 대영박물관에서 찾아보라는 도전 과제가 있었기 때문이다.

대영박물관은 뱅크시의 작품을 떼지 않고 그냥 그대로 두었다.

나는 학교 도서관에 가기로 했다. 거기에 뱅크시 관련 책이 있을 거라고 생각해 본 적은 없었다. 설마 그럴 리야 없겠지만, 한번 가서 확인해 보면 알겠지.

도서관 문은 닫혀 있었다. 끝내주는군. 나는 몸을 휙 돌리다 그것을 보았다.

다람쥐. 아니, 다람쥐가 아니었다. 좀 더 크고 통통했다. 그 동물은 도서관 문 아래에 그려져 있었는데, '저항하라'는 피켓을 들고 시위하고 있었다.

정말이지 마음에 쏙 들었다. 나는 웃음소리가 새어 나가지 못하게 손으로 입을 틀어막았다. 그런 다음 복도를 재빨리 훑어보았다. 이쪽을 겨누고 있는 감시 카메라가 있었다.

나는 마지막으로 그 동물을 힐끗 본 다음, 종종걸음으로 자리를 떴다. 그렇게 교실로 가다가 벽에 포스터를 붙이는 애나를 발견했다.

"너도 여기 참여해라, 응? 지금 내도 늦지 않았어! 내가 도와줄 수도 있고……."

애나가 재잘거렸다.

"그래, 알았어. 한번 생각해 볼게."

당연히 나는 그러지 않을 것이다. 하지만 그 자리를 한시바삐 빠져나가고 싶었다. 산비 목소리가 들렸기 때문이다.

복도 저편을 힐끗 보았다. 산비가 손가락으로 조쉬를 위협하듯 가리키고 있었다. 조쉬는 패거리도 없이 혼자 있었다.

미첼 영재중학교의
연례 공개 행사

5월 15일, 수요일, 오후 6시

미첼 영재중학교의 모금 행사이자

학생들의 실력을 뽐낼 수 있는 기회입니다.

학생 성과물 전시회에

멋진 작품을 제출하세요!

세쿠리타스 제네라 빅토리아!

"네가 도미니카의 영상을 올렸어. 그리고 지금은 내 영상을 픽스나피에 올렸고."

놀랍게도 산비 목소리는 침착했다.

조쉬는 휴대폰을 갖고 노느라 고개도 들지 않은 채 말했다.

"내가 올렸는지 안 올렸는지, 네가 어떻게 알아?"

산비와 나는 이야기해야 할 것이 있었다. 그래서 오늘 아침, 나는 산비를 피하고 있었다. 그렇지만 산비 혼자 조쉬를 상대하게 두고서 모른 척 떠날 수는 없었다.

"산비 말이 맞아."

내가 산비 옆으로 가서 조쉬를 에워싸며 말했다.

"도미니카 영상이 올라오고 나서 학생 게시판의 기록물에 접속해 봤지. 그래서 네 이름과 그것을 게시한 시간을 알아냈어."

산비가 말했다.

"학생 게시판 기록물에 접속했다고? 규칙 위반 아니야?"

조쉬가 팔짱을 낀 채로 벽에 기대며 말했다. 그 애는 전혀 개의치 않는 눈치였다.

"규칙 위반이라고? 그럼 누군가의 사생활을 침범한 건? 음란한 영상을 올리는 건?"

"이보세요, 내가 학교에서 옷을 벗었냐고요."

"물론 그건 나였……."

하지만 내 말은 산비의 말에 바로 묻혔다. 산비가 조쉬에게 욕

설을 퍼부었기 때문이다. 산비가 그런 식으로 말하는 건 처음 들었다.

조쉬가 고개를 저으며 말했다.

"말로 해, 말로. 나 완전 충격받았어."

그러자 산비가 목소리를 착 깔며 말했다. 그렇게 말하니 더 무섭게 들렸다.

"그건 학교 CCTV에서 나온 거야. 너는 거기에 접근할 수 있지. 너희 엄마 컴퓨터가 있으니까."

"아니야."

"그 영상이 네 로그인 정보로 게시되어 있었어."

나는 긴장해서 배가 짜르르 아프기도 했지만 동시에 통쾌하기도 했다. 조쉬는 여전히 물러서지 않았다.

"영상을 올린 건 나지만, 빼낸 건 내가 아니야. 나도 누군가한테서 받은 거라고. 그러니까 보낸 사람이 누군지 찾아보는 게 어때? 괜히 죄 없는 사람 괴롭히지 말고."

조쉬가 나를 툭 밀치며 복도를 걸어갔다.

"그렇다 해도 너한테 죄가 없는 건 아니야!"

산비가 조쉬 등에다 소리를 바락 질렀다.

나는 입을 쩍 벌렸다. 그리고 산비를 보며 말했다.

"우와, 정말 대단했어."

산비가 고개를 저었다.

"에휴, 바보 같은 짓이지. 이렇게 한들 무슨 소용이 있어? 그냥 좀 스트레스를 받아서……, 홀던의 영상도 그렇고…….”

그러자 기억이 되살아났다. 홀던의 그 영상이.

"그건 나중에 이야기하자. 조쉬 문제도 어떻게 할지 생각해 보고.”

나는 1교시 수업 중간에 나왔다. 그래서 과학 실험실로 올라가는 계단 밑에 다람쥐 두 마리를 그렸다. 하나는 아무것도 모른 채 견과류를 먹고 있었고 다른 하나는 감시 카메라를 들고 있었다. 그 감시 카메라 다람쥐는 헤어스타일이 조쉬와 비슷했다. 이번에는 킥킥거리며 그리느라 긴장하지도 않았다.

4교시 수업 중에 마시 비서의 목소리가 방송으로 흘러나왔다.

"산비 아가왈과 도미니카 리버스는 곧장 교장실로 오기 바랍니다.”

가슴이 철렁 내려앉았다. 숨도 제대로 쉴 수 없었다.

오전에 누가 나를 봤나? 그럼 산비는 왜? 어쩌면 다른 일로 부른 것일 수도 있었다. 어쩌면 우연의 일치일 수도 있었다.

홀던이 눈썹을 추켜세웠지만 나는 그냥 모른 척했다. 지금껏 나는 교장실에 불려간 적 없었다. 단 한 번도.

"어서 들어가렴.”

마시 비서가 말했다.

교장선생님은 안에서 나를 기다리고 있었다.

"도미니카, 들어와. 문은 내가 닫지."

산비는 이미 입을 꾹 다문 채 의자에 앉아 있었다.

교장선생님이 커다란 교장용 의자에 앉으며 말했다.

"우리의 주의를 끄는 게 있어서 말이야."

교장선생님이 키보드를 탁 누르자 산비의 목소리가 흘러나왔다.

"도미니카 영상이 올라오고 나서 학생 게시판의 기록물에 접속해 봤지. 그래서 네 이름과 그것을 게시한 시간을 알아냈어."

나는 산비를 힐끗 보았다. 얼굴이 창백했다.

교장선생님이 키보드를 한 번 더 눌렀다. 이번에는 산비의 욕하는 소리가 흘러나왔다.

"산비 아가왈, 네 목소리 맞지?"

산비가 고개를 끄덕였다.

"도미니카 리버스, 너도 분명 이 자리에 있었을 거야."

물어보는 질문이 아니었다. 하지만 나는 고개를 끄덕였다. 땀이 다 났다.

"우리는 미첼 영재중학교의 학생들이 품위 있게 행동하기를 바란다. 산비, 학생 게시판의 기록물 접근은 아주 심각한 규칙 위반이야. 그리고 그런 언어를 사용하는 것도 절대 받아들일 수 없어."

"상대방이 먼저 산비를 약 올렸다고요."

내가 불쑥 말했다.

"이런 문제가 생기면 보통은 징계 위원회로 넘기지."

교장선생님이 책상 위에 두 손을 가지런히 겹쳐 놓으며 말했다. 그러고는 잠시 가만히 있었다. 마치 우리가 뭔가 말하기를 기다리는 것 같았다.

"그러면 안…… 저는, 그러니까……."

나는 전혀 논리적이지 못했다.

"가능하다면 이 자리에서 해결했으면 합니다. 이런 문제로 공부시간을 빼앗기고 싶지 않거든요."

산비가 말했다.

"학생 게시판에 어떻게 접속했는지 자세히 적어서 제출해야 해."

교장선생님이 말했다.

"알겠습니다."

긴 침묵이 이어졌다. 교장선생님이 손톱으로 책상을 톡톡 치며 우리를 뚫어지게 보았다. 그리고 마침내 입을 열었다.

"만약 사과할 용의가 있다면, 그리고 이번이 처음이기도 하니까……."

"죄송합니다."

산비가 말했다.

"저도요."

"조쉬에게는 서면으로 사과하는 게 적절할 것 같구나."

교장선생님이 삐딱하게 미소 지었다.

어느새 나는 고개를 끄덕이고 있었다. 내 허락도 없이, 고개가 맘대로 끄덕이고 있었다.

"이런 일이 또 생기지 않을 거라고 믿는다."

"앞으로 없을 거예요."

산비가 말했다.

"자, 그럼, 여기서 마무리된 것 같군."

"감사합니다, 교장선생님."

산비는 여전히 침착했다.

"감사합니다."

나도 산비처럼 말했다.

교장실을 나온 뒤, 우리는 마시 비서를 모른 척 그냥 휙 지나쳤다. 그리고 교실로 이동하는 학생들 무리에 끼어들었다. 나는 내가 어디에 있어야 하는지 떠오르지 않았다.

"우리가 조쉬한테 사과 편지 쓰기로 한 거 맞지? 조금 전에?"

내가 물었다.

산비가 내 쪽으로 몸을 휙 돌렸다. 산비는 더 이상 침착하지 않았다. 눈에는 눈물이 그렁그렁 맺혀 있었고 무척 화가 나 보였다.

"너까지 끌어들여서 미안해."

"미안하다고? 네가?"

산비가 복도를 쭉 훑어보더니 위쪽의 감시 카메라도 한번 힐끗 본 다음 말했다.

"그딴 편지를 쓰면 나는 죽을지도 몰라. 하지만 교장은 우리 CCTV 영상을 갖고 있어. 조쉬도 휴대폰으로 우리를 찍었을 테고. 우리가 달리 어떻게 할 수 있었을까? 이렇게 감시 상태에서 살면……."

산비 말이 맞았다. 우리가 여기서 보호를 더 받는다면, 미첼 영재중학교는 영재를 위한 학교가 아니라 로봇을 위한 학교가 될 것이다. 학생들은 복도에서 말하는 것을 두려워할 것이다. 자신들의 말이 녹음될 수도 있기 때문이다. 수업 시간에 이 문제에 대해 토론하고 싶어 하는 학생들도 없을 것이다. 교장선생님이 그들을 지켜보고 있을지도 모르기 때문이다.

"이런 일을 공개적으로 말할 수 있는 방법이 분명 있을 텐데……."

나는 산비의 말을 들으면서 머리를 계속 굴렸다. 생각하면 할수록 이 모든 것들이 퍼즐 조각처럼 보이기 시작했다. 조쉬와 맥스는 어떤 경쟁을 벌이고 있었다. 조쉬는 학교 시스템에 접속할 수 있었다. 애나의 바인더에는 어떤 비밀번호가 적혀 있었다. 그리고 마지막으로 교장선생님은 학생들을 '보호'하는 아주 뛰어난 보안 시스템을 홍보해서 기금을 모을 것이다. 나는 퍼즐 조각들을 맞춰야 했다.

그때 산비가 내 소매를 잡아당겼다. 나는 복도 한가운데에 멈춰 서 있었다.

"수업 들어가야 해. 정말 미안해."

산비가 조용히 말했다.

나는 몸을 돌려 윤리 교실로 갔다. 교실에 들어가자 모두들 프로젝트에 집중하고 있었다. 나는 바인더에서 종이를 한 장 뜯었다. 이런 일은 후딱 끝내 버리는 게 좋을 것 같았다.

조쉬에게

오늘 아침에 있었던 일은 미안해. 산비와 나는 화가 나 있었고, 그걸 너한테 푼 건 정당하지 못했어. 우리는 학교의 수준에 맞지 않는 행동을 했지. 다시는 이런 일이 없을 거야.

도미니카 리버스

쉬는 시간을 알리는 종이 울렸다. 나는 마음이 바뀌기 전에 얼른 그 사과 편지를 마시 비서에게 갖다주었다. 정말 믿을 수가 없었다. 조쉬에게 사과 편지를 쓰다니. 게다가 교장선생님에게 감사하다고 인사했다.

감시 카메라, 픽스나피, 학생 게시판의 게시물을 완전히 부숴 버리고 싶었다. 그리고 어떻게 하면 그렇게 할 수 있는지, 나는 알고 있었다.

13. 마스크팩

수업 끝나고 집에 들어가니 엄마가 거실에서 나를 기다리고 있었다. 커피 테이블에는 커다란 피자 상자가 두 개 있었다. 그중 하나는 이미 뚜껑이 활짝 열려 있었다.

"우와."

"포테이토? 아니면 하와이언?"

좋은 징조가 아니었다. 엄마가 음식을 배달시켰다는 건…….

"프랭크 아저씨랑 무슨 문제 있어요?"

"프랭크?"

엄마가 햄과 파인애플을 크게 한입 베어 물며 물었다.

나는 종이 타월을 가지러 부엌에 갔다. 그런 다음 엄마 옆에 앉아 피자 한 조각을 집어 들었다. 엄마가 그것을 다 먹어 치우기 전에 말이다. 하와이언은 내가 제일 좋아하는 피자였다.

"이따 영화 볼래? 아참, 내가 마스크팩도 사 왔지!"

어떤 일이 있었는지 모르겠지만, 무척 안 좋은 일이었을 거다.

엄마가 내게 리모컨을 건네며 말했다.

"네가 골라."

그런 다음, 5분 후에 이렇게 물었다.

"정말?"

엄마는 분명 로맨틱 코미디를 예상했을 것이다.

"재밌을 거예요. 봐요. 평점이 98이잖아요."

그건 뱅크시가 만든 영화였다.

엄마가 포테이토 피자 뚜껑을 휙 열더니 한 조각을 집어 들며 말했다.

"좋아. 하지만 중간에 네가 팝콘을 튀겨 와야 해."

"알겠어요."

"그 위에 치즈도 뿌리고."

"좋아요."

〈선물 가게를 지나야 출구〉는 98프로 흥미롭고 100프로 이상한 영화였다. 처음 얼마 동안 엄마는 영화에 푹 빠진 듯했다. 나는 약속한 대로 팝콘도 갖다주었다. 하지만 엔딩 크레디트가 올라갈 때 엄마를 흘끗 보니 엄마 뺨이 축축하게 젖어 있었다. 마스카라는 눈밑에 번져 있었다.

"엄마! 중간에 끄면 되는데!"

"괜찮아. 영화 때문에 그런 게 아니야."

엄마가 종이 타월로 코를 닦았다.

"알겠어요. 그 아저씨가 뭘 어떻게 한 거죠?"

"누구?"

"알잖아요! 프랭크 아저씨!"

엄마는 주저하며 피자 상자 뚜껑을 들어 올렸다. 그리고 그 밑에서 엄마 휴대폰을 꺼내 픽스나피에 로그인했다. 휴대폰을 보니, 프랭크 아저씨가 어느 아시아 여성을 두 팔로 감싸고 있었다. 그 여성은 확실히 우리 엄마가 아니었다.

"아무리 봐도, 저 여자는 프랭크 여동생이 아니라고."

엄마가 코웃음 치며 말했다.

"으윽, 유감이네요."

내가 엄마 휴대폰을 다시 돌려주며 말했다. 불쌍한 우리 엄마. 아무래도 나는 엄마랑 좀 더 있어야 할 것 같았다.

"마스크팩!"

엄마가 벌떡 일어나며 말했다.

20분 후, 나는 다시 소파로 돌아와 요리 채널을 보았다. 눈을 깜빡이지 않으려고 무척 애를 썼다. 팩이 천천히 굳으면서 내 피부도 당기기 시작했다. 우리는 20분 동안 얼굴을 움직여선 안 되었다. 그다음엔 찜질을 해야 했다.

엄마가 내내 집에 있으면 어떡하지? 정말 감당할 자신이 없었다.

나는 화장실로 피신해서 미란다의 최신 블로그를 읽었다.

미첼의 소리
다람쥐처럼 움직여라
미란다 보웬

다람쥐 몇 마리와(담비처럼 보이는 동물 한 마리가) 얼마 전부터 미첼 영재중학교의 복도에 거주하기 시작했다. 그것들은 교장실 근처의 복도와 9구역 외부, 그리고 서쪽 복도의 머리 위쪽에서 발견된다. 당연히, 그것들은 진짜 동물이 아니다!

가장 큰 그림은 서쪽 복도의 사진 수업실 벽에 있다. 거기에는 세 마리의 다람쥐가 학교 책상 위로 몸을 구부리고 있다. 한쪽에서는(또한 다람쥐인) 선생님이 그들을 보고 있다. 그리고 그 반대쪽에서는 미첼 영재중학교의 진짜 감시 카메라가 그 장면을 지켜보고 있는 것처럼 보인다. 이 그림들의 특징은 대부분 '파놉티콘'을 표현하고 있다는 것이다. '파놉티콘'이란 죄수들이 끊임없는 감시 속에서 살아야 하는 교도소의 한 종류를 말한다.

그렇다면 미첼 영재중학교의 보안 시스템 속에서, 이 미스터리한 예술가는 어떻게 감시 카메라 바로 밑에 이런 다람쥐들을 그릴 수 있었을까?

최근 낯 뜨거운 사진과 영상 몇 개가 학생 게시판에 게시되거나 소셜 미디어에서 공유된 후, 학생들은 사생활 보호에 대해 많은 이야기를 나누고 있다.

산비 아가왈은 학생들이 전부 모여서 이런 문제에 대해 좀 더 폭넓게 토론해 봐야 한다고 주장한다.

"이런 문제들은 우리 학교가 사생활 보호보다는 보안을 훨씬 더 중요하게 여겨서 생기는 거라고요. 학교에는 감시 카메라가 너무 많아요. 우리는 교실에서 감시 카메라를 없애고, 사생활 보호에 대해 다 같이 이야기해 봐야 해요. 소셜 미디어의 사용과 관련된 기준도 엄격하게 세워야 하고요."

산비의 주장은 다람쥐들의 주장과도 일치하는 것 같다.

(혹시 다른 다람쥐들도 목격했나요? 그렇다면 아래 댓글에 그 장소를 남겨 주세요!)

내가 화장실에서 나오자 엄마가 깜짝 놀라며 말했다.

"웃지 마! 마스크팩 갈라진단 말이야!"

나는 노력했지만 그러기가 쉽지 않았다. 내 다람쥐들은 이제 확실히 이목을 끌고 있었다. 그리고 미란다는 파놉티콘에 대해 언급해 주기까지 했다.

"그만 웃으라고!"

"알았어요, 알았어."

나는 억지로 심각한 표정을 지었다. 다람쥐 대신, 홀던과 산비의 그 영상을 생각하면 그리 어렵지 않을 것이다.

금요일 아침, 비가 부슬부슬 내렸다. 우리 셋은 전부 우비에 달린 모자를 뒤집어쓰고 있었다.

"미란다 블로그 봤어? 네 말을 인용했던데."

홀던이 말했다.

"미란다가? 잘됐네."

산비의 얼굴이 빨개졌다. 정말 이상했다.

교차로에 도착했을 때 나는 모자를 뒤로 넘겼다. 주변이 훨씬 더 잘 보였다. 나는 산비, 홀던과 또다시 걸어서 학교에 가는 게 좀 이상했다. 둘 다 그 영상에 대해 아무 말도 하지 않았다. 우리 셋은 평소처럼 수다를 떨었지만 서로 몸이 닿는 건 무척 조심했다. 우리 사이에는 보이지 않은 틈이 있었다. 그저 비옷 때문만은 아니었다.

그 순간, 우리 옆으로 차가 지나가면서 흙탕물을 튀겼다. 우리는 안쪽으로 폴짝 뛰었다.

"학교 이사회에 편지를 쓰려고."

산비가 말했다.

"뭐라고?"

홀던이 바지 밑단을 툭툭 털며 물었다.

"이사회와의 면담을 요청할 거야. 어때, 도와줄래?"

산비가 물었다.

"당연하지. 도와줄게."

내가 대답하자 산비는 안도하는 표정이었다.

"홀던 너는?"

그러자 앞서 걷던 홀던이 말했다.

"옷을 갈아입어야겠어. 쫄딱 젖었네."

홀던이 산비의 말을 들었는지 못 들었는지 모르겠다. 그렇다면 나밖에 없다는 뜻인데…….

나는 산비를 팔꿈치로 툭 치며 말했다.

"만약 그 사람들이 경비원을 불러서 너를 정신병원으로 끌고 가면, 내가 밤에 가서 그 창살을 부수고 너를 구해 줄게."

"완벽해."

산비가 말했다.

수업 종이 울리자 서튼 선생님이 교실 앞으로 빠르게 걸어가며 말했다.

"예술가들은 정치적 문제에 대해 말할 책임이 있는가, 오늘은 이것에 대해 토론해 보자."

선생님은 가끔 이랬다. 평상시에는 진도에 맞춰 수업을 나가다가 갑자기 선생님의 흥미를 끄는 시사 문제가 있으면 그것을 다루기도 했다. 이런 것들에 대해 이야기하는 건 재미있을지도 모른다. 다만…….

애나가 손을 번쩍 들며 말했다.

"소셜 미디어 아티스트인 저는 이 세상의 아름다움을 널리 알리는 게 제 역할이라고 생각합니다. 고통받고 있는 사람들은 예술 작품을 보며 희망과 평화를 느낄 수 있지요."

좀 뜻밖이었다. 애나가 소셜 미디어 아티스트였다고? 그런데 그게 정확히 뭐지?

"말도 안 돼."

크게 말하려 한 건 절대 아니었다. 나도 모르게 그냥 그렇게 된 거였다.

교실에 있는 사람들이 전부 고개를 휙 돌려 나를 쳐다보았다. 얼굴이 뜨겁게 달아올랐다.

"예쁜 것을 본다고 해서 세계 빈곤이나 지구 온난화 같은 문제들이 해결되지는 않을 거예요. 예술이 뭔가를 바꾸려 한다면, 사람들이 그것에 대해 생각해 보도록 만들어야 합니다."

그러자 조쉬가 의자에 등을 기대고 다리를 쩍 벌리며 말했다.

"쓸데없는 짓이야."

나는 저 녀석을 걷어차고 싶었다.

"어떤 예술도 지구 온난화를 해결할 수는 없어요."

조쉬가 말하자 서튼 선생님이 물었다.

"그렇다면 예술가들은 시도할 필요도 없다는 뜻인가?"

"시도할 수는 있어요. 실패할 뿐이지."

조쉬가 말했다.

그런 다음 몸을 돌려 맥스와 하이 파이브를 했다. 키득거리는 웃음소리가 번져 나갔다.

"그건 예술가의 책임이 아니야. 빌어먹을 인간들의 책임이지."

홀던이 말했다.

이제는 교실에 있던 사람들이 전부 고개를 획 돌려 홀던을 쳐다보았다. 홀던이 욕에 가까운 말을 했을 뿐만 아니라 교실에서, 말을 했기 때문이다. 그것도 자발적으로. 이런 일은 전에 한 번도 없었다.

"홀던, 그런 생각을 좀 더 확장시킬 수 있지 않을까?"

서튼 선생님이 홀던을 보며 미소 지었다.

홀던은 어깨를 으쓱했다.

그러자 서튼 선생님이 다른 학생에게 의견을 말해 보라고 했다.

"예술이 지구 온난화를 해결할 수는 없다 하더라도, 그건 사람들로 하여금 마, 말을…… 마, 말을……."

남자애가 얘기하다 말고 긴장한 나머지 말을 더듬거리자, 뒤에 앉은 녀석들이 그것을 따라하며 웃음을 터트렸다. 미란다가 끼어들었다.

"쟤 말이 맞아요. 예술이 토론을 촉발시킬 수 있다면, 그러한 토론은 변화를 이끌어 낼 수 있어요."

애나가 손을 또 번쩍 들자 서튼 선생님이 말했다.

"자, 여기까지 하자. 이제는 우리가 하던 프로젝트로 돌아가야지. 수업 끝날 때까지 자료를 찾고 정리하도록 해."

선생님은 약간 피곤해 보였지만, 그건 내 착각일지도 몰랐다.

나는 노트북을 꺼내다가 우연히 미란다와 눈이 마주쳤다. 미란다가 나를 보며 미소 지었다. 나는 깜짝 놀랐지만 똑같이 미소 지어 주었다.

그런데 갑자기 서튼 선생님이 내 책상으로 오더니 종이 한 장을 쓱 밀어 넣었다.

'프로젝트 제안서: 뱅크시의 거리 예술'

숨이 턱 막혔다. 서튼 선생님이 이걸 어떻게 갖고 있는 거지? 그러자 그날의 기억이 떠올랐다. 나는 교실에서 화장실로 달려가다가 바인더를 떨어트렸고, 거기서 종이 몇 장이 빠져나와 사방으로 흩어졌다.

"도니미카, 이거 참 흥미롭구나. 나는 깜짝 놀랐어. 네가 다른 주제로 하겠다고 해서 말이야."

서튼 선생님이 내 뱅크시 제안서를 톡톡 치며 말을 이었다.

"솔직히 나는 이 주제가 더 마음에 들거든. 혹시 다른 이유가 있는 게 아니라면……."

서튼 선생님은 알고 있었다. 그 다람쥐들에 대해서 알고 있었다.

아니면 적어도, 나를 의심하고 있었다.

"아무래도……, 저는……."

"한번 생각해 봐. 그리고 조심하고, 알았지?"

서른 선생님이 미소 지었다.

내가 조용히 고개를 끄덕이자 선생님은 다른 곳으로 갔다.

통로 맞은편에 있는 미란다가 눈썹을 치켜올렸다.

나는 어깨를 으쓱해 보였다.

모두들 프로젝트 연구에 한창 집중하고 있을 때, 미란다가 그 애의 휴대폰을 내게 슬쩍 건넸다.

미첼의 소리
학생 게시판의 실패
미란다 보웬

내용이 부적절하다고 판단되어 학교 행정실에서 삭제했습니다.

미첼의 소리
끊이지 않는 보안 문제
미란다 보웬

내용이 부적절하다고 판단되어 학교 행정실에서 삭제했습니다.

미란다에게 뭐라고 말해야 할지 모르겠다. 미란다는 학교에서 유일하게 용감한 학생이었다. 그래서 친구들은 미란다에게 어떤 일들이 있었는지 전부 다 이야기했다. 교장선생님은 이제 미란다의 블로그를 검열하고 삭제했다.

"아, 짜증 나."

내가 조용히 말했다.

미란다는 대답하지 않았다. 확실하진 않지만, 미란다가 눈을 빨리 깜박이는 것 같았다. 어떡해서든 울지 않으려고 말이다.

홀던과 산비를 만나 사진 수업실의 복도를 지나가고 있을 때였다. 학교 관리인이 사다리에 올라가 내 다람쥐들을 하얀색 페인트로 지우고 있었다. 책상 위로 몸을 구부리고 있는 내 다람쥐들을 말이다.

사다리 밑에는 한 무리의 학생들이 모여 있었다.

"아, 진짜, 이렇게까지 해야 하나?"

누군가 말했다.

"예술 작품인데 말이야, 그치?"

"난 저 다람쥐들이 맘에 들었어!"

예기치 못한 반응에 나는 감동했다. 그리고 남자 화장실 문에 뭔가가 붙어 있어서 가던 길을 멈췄다. 그건 그라피티가 아니라, 사진이었다. 하지만 내 그림을 찍은 사진이었다. 누군가가 내 다람쥐들 중 하나를 사진 찍은 다음, 그 다람쥐 얼굴에 조쉬의 얼굴을 오려서 붙였다.

"정말 대단해."

홀던이 속삭였다.

"누가 한 거지?"

산비가 크게 놀라며 궁금해했다.

"글쎄."

나는 고개를 저으며 말했다. 우리는 다시 걸음을 옮겼다. 교문에 도착하자 '미첼 영재중학교의 연례 공개 행사' 포스터가 눈에 들어왔다. 그 순간, 모든 것들이 한데로 모이기 시작했다. 어쩌면 이사회와의 면담이 필요 없을지도 몰랐다. 블로그도 필요 없을지 몰랐다. 우리는 저 공개 행사를 캔버스로 활용할 수 있었다.

언제나 그렇듯, 금요일 오후가 되자 산비 엄마가 우리를 미술 레슨에 데려다주었다. 그리고 잠시 후, 미술실 문이 벌컥 열렸다.

"수업 중!"

안드레이 강사가 소리쳤다.

홀던이 입구에 서 있었다. 산비와 나는 그림을 그리다 말고 가만히 쳐다보았다. 우리는 서로 초상화를 막 그려 주고 있던 참이었다. 홀던은 우리를 보고 알은체하지 않았다. 미술실을 가로질러 안

드레이 강사에게 가더니 이런저런 이야기를 나누었다. 그러고는
수표를 한 장 건넸다.

"안녕."

홀던이 말했다. 마치 금요일 오후마다 내 옆에서 그림을 그렸던
것처럼. 홀던은 팔을 뻗어 내 손을 잡더니 내 눈을 보며 말했다.

"잘 들어, 산비와 나를 편집한 그 영상 있잖아? 절대 그런 거 아
니야."

그러자 산비도 고개를 저으며 말했다.

"정말로 그런 거 아니야."

"그래, 알았어."

내가 할 수 있는 말은 그게 전부였다.

"너는 네가 모르는 어떤 일들이 네 뒤에서 일어나고 있었다고 생
각하는 모양인데, 절대로 그건 사실이 아니야."

홀던이 말했다.

"나는 이미 끝난 일이라고 생각했어. 이제 와서 또 이야기해야
하는 거야?"

"정말이야. 네 뒤에서는 아무 일도 없었어."

산비가 되풀이해서 말했다.

얘네 둘이 미리 짜고서 이러는 건가? 그건 아닌 것 같았다. 홀
던이 여기 들어왔을 때 산비도 나만큼이나 혼란스러운 표정이었기
때문이다.

"자, 이제 너도 우리 뒤에서 무슨 일을 벌이고 있는지 털어놓는 게 어때?"

홀던이 말했다.

내 뇌는 흐물흐물 녹아내리고 있었다. 홀던에게 무슨 소리를 하는 거냐고 묻기 위해 입을 열었다. 그러다가 다시 닫았다. 홀던이 무슨 말을 하는지 너무 명확했기 때문이다. 홀던은 알고 있었다.

"우리는 기다릴 거야."

홀던이 말했다.

산비는 팔짱을 끼고서 히죽 웃었다.

"너희들 내 뒤에서 이런 이야기를 했구나?"

내가 묻자 산비가 말했다.

"그래. 하지만 오늘 이렇게 말할 줄은 나도 몰랐지."

안드레이 강사가 뭐라고 투덜거리더니 한숨을 크게 내쉬고는 미술실을 나갔다.

"진짜 아무것도……."

나는 입을 열었다. 하지만 그 뒤로 한참 동안 말을 잇지 못했다.

홀던이 콧방귀를 뀌었다.

산비가 말했다.

"우리한테 말하고 싶지 않으면 안 해도 괜찮아. 하지만 그건 우리의 우정에 대해 많은 것을 말해 주고 있지."

산비 말이 맞았다. 나는 산비를 보며 말했다.

"나는 그냥 교장한테 화가 났어. 그리고 마침 뱅크시 책을 읽고 있었지. 그래서…… 그렇게 한 거야."

"그라피티 말이지."

산비가 말했다.

"근데 언제부터 나일 거라고 생각한 거야?"

그러자 홀던이 어깨를 으쓱했다.

"거의 처음부터. 파놉티콘을 알고 있는 사람은 그렇게 많지 않거든."

산비가 손을 뻗어 내 스케치북을 가져가더니 앞쪽으로 쭉 넘겼다. 그런 다음 고양이 캐릭터 그림을 찾아냈다.

"나는 홀던보다 조금 늦게 알았지만, 네 그림 스타일이라는 걸 딱 알아봤지."

진짜였다. 그 고양이의 코와 작은 발은 다람쥐의 생김새와 분명 닮아 있었다.

"알고 있었으면서 왜 아무 말도 안 했어?"

그러자 홀던이 말했다.

"네가 말해 줄 거라고 생각했거든."

그때 안드레이 강사가 이맛살을 찌푸리며 돌아왔다.

"잡담은 이제 그만. 알았지?"

그러고는 홀던 쪽으로 몸을 휙 돌리며 말을 이었다.

"여기 있을 거면 더 이상 방해하지 말고. 알았니?"

홀던이 고개를 끄덕였다.

나는 홀던을 보며 눈썹을 꿈틀댔다. 진짜로 우리랑 미술 레슨을 같이 할 작정인가?

홀던이 어깨를 으쓱했다.

"너희는 모를 거야. 우리 엄마가 나를 여기로 데려다주면서 얼마나 좋아했는지 말이야."

수업이 끝나고 우리 셋은 나란히 주차장으로 걸어갔다. 산비 엄마는 평소처럼 차에 시동을 걸어 놓은 채 이메일을 보고 있었다. 홀던 엄마는 차 옆에서 신나게 손을 흔들고 서 있었다.

"내가 말했지? 정말 좋아하신다니까."

홀던이 투덜거렸다.

"잠깐만."

홀던이 저쪽으로 걸어갈 때 내가 불러 세웠다.

"생각해 둔 계획이 하나 있어. 좀 큰 걸로. 어때, 나중에 얘기해 볼래? 같이 하고 싶어?"

그러자 산비가 손뼉을 탁 치며 말했다.

"내가 그럴 줄 알았어!"

"음, 나중에."

홀던이 말했다.

14. 비밀 모임

일요일 아침, 나는 엄마와 차를 타고 '라 파티세리' 식당으로 갔다. 늘 그렇듯, 할머니는 이미 도착해서 커피를 마시고 있었다.

"도미니카, 어떻게 지냈니? 이제 책을 바꿔 볼 준비는 됐니?"

"아직 안 됐어요."

그러자 할머니가 고개를 끄덕이며 물었다.

"그럼 네 드론 에세이는? 지난주에 물어보지도 못했네. 사랑스런 프랭크 때문에 정신이 없어서 말이야."

참고로, 나는 드론 프로젝트에서 A학점을 받았다. 하지만 할머니에게 말할 수 없었다. 할머니가 프랭크 이름을 꺼내자마자, 엄마가 냅킨을 집어 들고 호들갑을 부리기 시작했기 때문이다.

"얘야, 괜찮은 거니? 프랭크랑 무슨 문제라도 있는 거야?"

엄마가 나를 힐끗 보았다. 하지만 나는 맹세코 할머니에게 아무 말도 하지 않았다.

할머니가 한숨을 내쉬며 말했다.

"프랭크가 금요일에 거기 들른 줄 알았는데."

그러자 엄마가 신기하다는 듯 할머니를 보며 물었다.

"그걸 어떻게 아셨어요?"

할머니가 식탁에 있는 포크와 숟가락을 만지작거리며 대답했다.

"도미니카가 말해 줬나 보지."

"도미니카는 그날 집에 없었어요."

엄마가 말했다.

"맞아요, 미술 레슨 있었거든요."

나는 엄마 말에 힘을 실어 주었다.

할머니의 심령 능력을 눈치챈 사람은 대체로 나밖에 없었다. 하지만 이번에는 엄마도 수상쩍은 표정이었다.

"찍었는데 운 좋게 맞았나 보네. 아무튼 애야, 무슨 일이 있었던 거니? 어서 털어놓고 말해 봐."

그러자 어찌 된 일인지, 마음이 갈기갈기 찢어진 우리 엄마는 할머니의 묘한 수사 능력을 모두 잊어버리고 프랭크 아저씨에 대해 이야기하기 시작했다. 할머니와 엄마는 식사를 마칠 때까지 그 사진에 대해 여러 가능성을 두고 하나하나 분석했다.

늘 그렇듯, 계산은 할머니가 했다. 식당 주인이 내 재킷을 꺼내

주었다. 나는 현관문 위에 달린 감시 카메라에 손을 흔들려다가 뚝 멈췄다.

지금껏 나는 저 감시 카메라 반대편에서 경비원이 CCTV를 보며 무척 지루해할 거라고 상상했다. 하지만 지금은 누가 이것을 보고 있는지 확실하지 않았다. 나는 더 이상 손을 흔들어 주고 싶지 않았다.

"프랭크 아저씨가 금요일에 왔다는 거, 어떻게 아셨어요?"

나는 할머니에게 조용히 물었다. 할머니가 내 팔을 쓰다듬으며 말했다.

"누구에게나 비밀은 있단다."

할머니는 장밋빛 실크 스카프를 휘날리며 거리를 내려갔다.

우리 셋은 월요일 방과 후에 수학 숙제를 같이 하기로 했다. 그런데 산비가 무척 피곤해 보였다.

"우리는 공범이야."

산비가 불쑥 말했다.

"뭔 소리야?"

홀던이 물었다.

"우리도 연루되었다고. 그 나쁜 놈들 쪽으로."

산비가 말했다. 나는 강하게 항의했다.

"우리는 절대 공범이 아니야."

그러자 홀던이 나를 째려보며 말했다.

"너는 그렇게 쉽게 말할 수 있겠지. 맥스랑 조쉬는 아직도 나한테 문자 보내면서 그 대회에 참가할 거냐고 묻는단 말이야."

"윽, 그 대회는 완전 잊고 있었네."

산비가 말했다.

"참, 나도 완전 잊고 있었던 게 하나 있어."

나는 홀던과 산비에게 애나의 바인더에 대해 이야기해 주었다. 그 대회는 별로 중요한 게 아닐지도 몰랐다. 학생 게시판에 영상을 올린 건 그 녀석들이 아니라 애나일지도 몰랐다.

내가 이렇게 설명하자 홀던과 산비는 둘 다 똑같이 회의적인 표정을 지었다.

"애나가? 다른 사람도 아니고? 그런 영상의 표적이 되었을 때 어떤 기분이 드는지 걔가 더 잘 알 텐데……. 애나는 아닐 거야. 아냐, 혹시……, 설마?"

"너희들한테 할 이야기가 있는데 말이야……."

내가 홀던과 산비에게 말했다.

"우와, 비밀을 하나 털어놓게 했더니 이제는 끝도 없이 나오는구나."

홀던이 말했다.

나는 홀던을 향해 혀를 쏙 내밀었다. 산비가 재촉했다.

"얼른 말해 봐."

"너희들도 알지? 내 다람쥐들이 어떻게 덧칠되었는지?"

"그리고 그 통통한 다람쥐들도."

산비가 말했다.

사실이었다. 오늘 아침, 학교 관리실 근처에 통통한 다람쥐 두 마리가 더 나타났다. 그 다람쥐들은 커다란 여행용 가방을 끌고 가고 있었는데 위에 이런 글이 적혀 있었다.

'이 학교가 안전하다고 누가 그랬어?'

그 다람쥐들은 점심시간에 지워졌다.

"나는 좀 더 크고 거대한 것을 그리려고 해. 학교 건물 한쪽 면이나 교문 옆에."

"기상천외하고 멋진 아이디어야."

산비가 말했다.

"그러니까 교문 옆에 거대한 그라피티를 그리고 싶다고?"

홀던이 심드렁하게 물었다.

"바로 그거야. 작은 것들은 다 지워지잖아. 우리에겐 더 큰 게 필요해."

"그러다가 정학당할 수 있어."

어쩌면.

"연례 공개 행사를 이용할 생각도 하고 있어."

내가 말하자 산비가 숨을 헉 들이마셨다.

"공개 행사! 정말 완벽해."

"그렇지?"

"어마어마하게 큰 그림을 그려야 할 거야. 엄청 강렬해서 사람들이 전부 보게끔 말이야. 그러면 학부모들도 이 문제를 알게 되고 여기에 관여하게 되겠지."

"그래, 맞아."

많은 사람들이 내 그림을 본다고 생각하니 심장이 팔딱팔딱 뛰었다.

"도와줄 거야?"

"그래, 알았어! 우리 언제부터 시작해? 그리고 정확히 얼마나 크게 만들 거야?"

산비가 너무 열정적으로 말해서 책상이 다 흔들렸다.

"진심이야?"

"그럼, 진심이지."

산비가 말했다.

홀던은 아무 말도 하지 않았다. 내가 홀던 쪽으로 몸을 돌렸을 때 그 애는 카펫을 가만히 바라보고 있었다.

"꼭 도와주지 않아도 돼. 괜찮아."

"그런 게 아니야."

홀던이 말했다.

"당연히 홀던도 도와야지! 홀던, 너도 할 거잖아, 그렇지?"

산비가 물었다.

한동안 침묵이 흘렀다. 아주 긴 침묵이.

"아니, 나는 안 할래."

홀던이 마침내 입을 열었다.

그러더니 그 애의 수학책을 집어 들고서 도서관을 나갔다.

산비와 나는 홀던의 뒷모습을 빤히 쳐다보았다. 그런 다음 내 아이디어에 대해 30분 정도 더 자세히 이야기를 나누었다. 하지만 나는 산비를 집에 데려다주자마자 홀던에게 문자를 보냈다.

나 : 좋아, 이제 말해 봐.

홀던 : 뭘?

나 : 나는 너한테 다람쥐에 대해서도 말해 줬잖아.

홀던 : …… 나, 전학 갈지도 몰라. 엄마가 그랬어.

나 : 뭐라고? 언제?

홀던 : 9월에.

나 : 왜?

홀던 : 엄마는 내가 이 학교에서 어떤 영감도 못 받고 있다고 생각하거든.

나 : 근데 그 이유만으로 널 전학시킨다고? 아무런 경고도 없이?

홀던 : 물론 있었지. 이번 학기에 과외 활동을 어떤 것이든 세 개 이상 하는 거였어.

홀던 : 기운 빠지게 해서 미안해. 어떻게든 해결해 볼게.

나 : ♥

나 : 산비랑 나는 너를 보내지 않을 거야. 절대로. 책상에 꽁꽁 묶어 둘 거라고.

홀던 : 완벽해. 그러면 다 해결될 거야.

그때 '띵' 소리가 났다. 미란다의 블로그에 새로운 게시물이 올라왔다.

미첼의 소리
중단
미란다 보웬

학교 행정실에서 '미첼의 소리' 기사 세 개를 불필요하게 검열했다. 그래서 우리 편집자들은 블로그의 기사 게시를 중단하기로 결정했다. 우리는 조만간 다른 곳을 통해 우리의 견해를 알릴 것이다.

집에 도착하니 엄마 물건들이 현관 입구에 널려 있었다. 나는 한숨을 푹 내쉬었다. 우리는 최근 많은 시간을 함께했다. 오늘은 또 테이크아웃으로 가져온 중국식 볶음면을 먹으려나? 아니면 로맨스 영화를 더 보려나? 이젠 나도 모르겠다.

그런데 그때…… 요리하는 냄새가 나는 것 같았다. 아니나 다를까, 내가 엄마 핸드백을 벽에 걸고 신발을 가지런히 정리한 다음 안으로 들어가자, 부엌에서 뭔가를 만드는 엄마가 보였다.

"저녁으로 고기랑, 야채, 치즈를 넣은 파이 어때?"

"좋아요, 맛있겠네요."

엄마는 뭐랄까…… 좀 더 밝아 보였다.

"프랭크 아저씨 만나서 이야기해 봤어요?"

"응, 점심때."

엄마가 멋쩍은 웃음을 지으며 말을 이었다.

"아무래도 내가 그 사진에 대해서 섣부르게 판단했던 거 같아."

"전 여자 친구가 아니었어요?"

"아, 그건 맞아. 하지만 몇 년 전에 헤어졌지. 지금 그 여자는 남편도 있고, 아이도 둘 낳아서 뉴욕에 살고 있대. 이번엔 그 여자가 방문했던 거고."

그렇다고 해서 프랭크 아저씨가 결백하단 뜻은 아니었다. 하지만…….

"프랭크가 내 지문을 그 사람 휴대폰에 추가로 등록했어. 그래서 언제든지 나는 프랭크의 문자를 확인할 수 있지. 내가 원한 건 그게 아니었지만, 그래도 참 깜찍하지 않니?"

나는 고개를 절레절레 흔들며 웃었다.

"로맨틱하시네요."

그러자 엄마가 혀를 쏙 내밀었다.

"우리는 오늘밤에 만나서 술 한잔할 거야. 괜찮지?"

"넵."

때마침 나도 할 일이 많았다. 비록 그 일을 시작하자마자 홀던에게서 문자가 날아오기는 했지만.

홀던 : 그 계획에 대해서 생각해 봤는데 말이야, 아무래도 너희는 팀으로 움직이는 게 좋을 것 같아.

나 : 너도 도와주는 거야?

홀던 : 아니. 그건 아니지만.

나 : 나는 이미 산비랑 팀으로 움직이고 있는걸.

나 : 감시 카메라 위치도 지도로 만들었고. 더 필요한 게 있나?

홀던 : 망보는 사람.

산비 : 누굴 망보는 사람으로 하지?

홀던 : 좀 더 생각해 보자. 적당한 사람이 나오겠지.

산비 : 미란다는 어때?

나 : 미란다?

산비 : 응, 게다가 걔는 여론을 형성할 수도 있지. 그 애 픽스냅 팔로어가 몇인 줄 아니? 천 명이 넘어. 그리고 걔네 엄마가 VTV 뉴스 앵커인 거, 알지?

홀던 : 좋은 지적이야. 미란다도 끼워 줘.

나 : 으윽, 그래, 알았어. 내일 오후에 모여서 어떻게 할지 이야기해 보자.

산비 : 잠깐! 마지막으로 하나 더.

산비 : '팀'은 좀 아닌 것 같아.

나 : ???

산비 : 그러니까 우리는…… '비밀 모임'이라고.

홀던 : 진심이야?

산비 : 그게 좀 더 있어 보이잖아!

나 : 좋아, 우리는 비밀 모임이야. 그럼 내일 보자.

15. 무단 침입

화요일 오후, 수업이 끝나고 산비와 미란다가 우리 아파트로 왔다. 나는 그 애들을 데리고 길을 따라 내려갔다. 중간에 멈춰서 주변을 한번 휙 둘러보았다. 저쪽 길 끝에 어떤 남자가 있기는 했지만, 휴대폰을 들여다보느라 우리에게는 관심이 없었다. 나는 방향을 휙 틀어 '출입 금지' 표지판이 있는 관목들을 향해 걸어갔다.

힐끗 돌아보니 산비가 손톱을 잘근잘근 씹고 있었다. 미란다는 수첩과 펜을 들고 있었다. 마치 언제 어느 때 중요한 일이 일어날지 모른다는 듯.

"어디로 가는 거야?"

산비가 물었다.

"가 보면 알아."

나는 그 애들을 데리고 오렌지색 플라스틱 울타리를 따라 걸었다.

"이크!"

미란다가 소리쳤다.

"진흙 밟았어. 이러다 신발 망가지는 거 아니야?"

나는 작은 방울술이 달려 있는 미란다의 신발을 힐끗 보며 말했다.

"꼭 같이 안 가도 돼. 나중에 다 알려 줄게."

그러자 산비가 나서며 말했다.

"내 뒤에서 따라와. 발 디딜 만한 곳을 찾아 줄 테니까."

나는 산비를 보며 눈을 굴렸지만 산비는 눈치채지 못한 것 같았다.

미란다는 산비의 손을 잡고 마른땅을 골라 폴짝폴짝 뛰었다. 그러면서 신발에 진흙을 묻히지 않고 울타리 끝까지 가려고 애썼다.

마침내 우리는 해냈다. 산비와 미란다가 숨을 몰아쉬었다. 그 소리를 들으니 괜히 뿌듯했다.

"정말 끝내준다!"

산비가 조용히 탄성을 올렸다.

연못가에 왜가리 한 마리가 서 있었다.

산비와 미란다는 이리저리 거닐었다. 그러고는 단풍나무를 지나 연못가의 돌무더기 쪽으로 오더니 편평한 돌을 하나씩 골라 그 위에 앉았다.

산비와 미란다가 나를 쳐다보았다.

갑자기 입이 바싹 말랐다. 산비가 발을 뻗어 내 운동화를 꾹 눌렀다. 나는 그냥 눈을 딱 감고 뛰어들기로 했다. 잡초가 무성한 이 연못으로 다이빙하는 것처럼.

나는 미란다를 똑바로 보며 말했다.

"학교 복도에 있던 그라피티들……, 내가 그렸어. 교실의 감시 카메라랑 학교의 소셜 미디어 정책으로 생긴 문제들을 사람들한테 알리려고."

"그게 너였어?"

미란다가 눈을 동그랗게 떴다.

나는 고개를 끄덕였다.

그때 울타리 쪽에서 끼익 날카로운 소리가 났다. 우리는 전부 벌떡 일어났다.

후드를 뒤집어쓴 누군가가 나타났다.

"홀던!"

산비와 미란다가 앞으로 달려가 홀던을 껴안았다. 홀던이 나를 보며 수줍게 손을 흔들었다.

"때마침 잘 왔네."

홀던이 내 옆의 편평한 바위에 앉을 때 내가 말했다. 우리는 전부 다시 앉았다.

"그래서 우리랑 같이 하기로 한 거야?"

그러자 홀던이 어깨를 으쓱하며 말했다.

"한번 생각해 봐. 내가 어딘가에 들어가 활동한다는 소식을 우리 엄마가 들었을 때 얼마나 기뻐하실지."

"장담하는데 이건 너희 엄마가 좋아할 만한 활동이 아니……."

갑자기 '땅' 소리가 났다. 그런데 그 소리가 너무 커서 잡초가 무성한 이 정원과는 어울리지 않는 것 같았다.

미란다가 가방에서 휴대폰을 꺼내 확인하더니 자리에서 일어났다.

"금방 돌아올게."

"뭐라고? 어디 가는데?"

우리는 울타리 쪽으로 조심스럽게 깡충깡충 뛰어가는 미란다를 쳐다보았다. 그리고 잠시 후, 우리는 망연자실해서 우두커니 앉아 있었다. 미란다가…… 맥스와 오고 있었기 때문이다. 맥스는 평소처럼 카메라를 목에 걸고 있었다.

우리는 전부 또다시 벌떡 일어났다.

"쟤는 왜 데려온 거야?"

산비가 따져 물었다.

"얘도 도와줄 수 있어."

미란다가 대답하자 산비가 말했다.

"안 돼. 절대로."

그러자 맥스가 무슨 경찰 특공대라도 마주한 것처럼 두 손을 머리 위로 들며 말했다.

"자, 진정하고. 손님을 이렇게 대접해도 되나?"

산비가 말 그대로, 으르렁거렸다.

"잠깐만, 정말로 괜찮다니까."

미란다가 말했다.

나는 이맛살을 찌푸렸다.

"미란다, 괜찮지 않아. 이건 비밀 모임이라고. 우리는 이미 너한테 그런 이야기들도 다 해 줬잖아."

아무리 생각해도 다른 사람을 끌어들이는 건 좋은 생각이 아니었다.

"맥스, 우리는 그 영상에 대해서 이야기할 거야. 나도 알아. 네가 그날 암실에서 나를 보호해 줬다는 거. 하지만 이 문제에 있어서, 너는 아직도 잘못된 편에 서 있다고."

"그것도 어마어마하게, 끔찍하게, 잘못된 편이지."

산비가 경멸하듯 말했다.

"쟤가 너를 보호해 줬다고?"

홀던이 물었다.

맥스가 히죽히죽 웃으며 말했다.

"홀던도 잘못된 편에 서 있잖아."

"나는 위장하고 있었던 거야!"

"맥스도 마찬가지야."

미란다가 말을 이었다.

"몇 주 전, 조쉬의 그 대회와 관련된 정보를 나한테 알려 준 사람이 바로 맥스였어. 그리고······."

"싫어. 나는 갈 거야. 우리 영상을 올린 사람하고는 잠시도 같이 있을 수 없어."

산비가 가방을 움켜잡으며 말했다.

"내가 올리지 않았어."

맥스가 말하자 산비는 잠시 멈췄다. 하지만 맥스를 아주 매섭게 노려보았다.

"이봐, 조쉬는 그냥 나한테 텔레비전 같은 존재야. 심심풀이 게임 같은 존재. 내가 하루 종일 수업에 집중하는 스타일도 아니고. 그래서······, 그래, 그러다 보면 가끔 휩쓸리기도 하지."

산비가 저렇게 죽일 듯이 째려보는데도 맥스는 전혀 쫄지 않았다. 나는 맥스를 여기서 쫓아내려고 마음먹고 있었지만, 이런 압박감 속에서도 침착함을 유지하는 맥스에게 마음 한편으로 감탄하고 있었다. 어쩌면 맥스가 우리에게 도움이 될지도 모르겠다.

맥스가 말을 이었다.

"그 학생 게시판 일들, 내가 했다고 단정 짓지 마. 나도 그것들을 보긴 했어. 다른 애들처럼 말이야. 하지만 내가 올리진 않았어. 게다가 나는 엄마랑 여동생 둘하고 살고 있다고. 내가 그런 짓을 하면 다들 기겁하고 쓰러질걸? 우리 아빠는 아직 홍콩에 있지만, 당

장이라도 제트기를 타고 날아와서 내 엉덩이를 걷어찰 거야. 자,
봐, 우리 아빠의 실망한 얼굴을……."

맥스가 뺨을 밑으로 쭉 잡아당기더니 얼굴을 찡그리며 우리를
봤다.

나는 웃지 않으려고 무척 애써야 했다.

산비는 설득되지 않았다.

"아무리 그래도 조쉬가 그 영상들을 올리는 동안 너는 아무것도
안 하고 가만히 있었어. 과연 네가 결백하다고 할 수 있을까?"

산비가 물었다.

"으음, 그래. 나도 조쉬한테 말했어. 너랑 홀던의 그 영상, 좀 너
무한 거 아니냐고. 그런데 애나가 이미 사진들을 다 조합해서 만들
어 놨더라고. 조쉬는 그게 재미있다고 생각했고, 그래서……."

"잠깐……, 애나라고?"

산비가 중간에 끼어들었다.

"애나가 갑자기 여기서 왜 나와?"

나도 거의 동시에 말했다.

"그 애는 확실히 네 편이 아니지."

맥스가 그건 아주 명백하다는 듯 눈썹을 치켜올리며 나를 보았
다. 그러고는 말을 이었다.

"애나가 그 애 영상을 어떻게 없앴다고 생각해?"

"그러니까 그 애 것과 내 거를 거래했다는 거야?"

"그리고 내 것도?"

산비가 따라 물었다.

그러자 맥스가 산비에게 말했다.

"네 거는 원래 거래의 일부가 아니었어. 애나가 그냥 장난삼아 만든 거지."

애나가 어느 정도 관련되어 있다는 건 나도 알고 있었다. 하지만 이렇게까지 깊숙이 개입했을 줄은 정말 몰랐다. 나는 너무 놀라서 바위에 털썩 주저앉았다.

"우리가 애나한테 뭘 얼마나 잘못했기에 이러는 거야?"

그러자 미란다가 고개를 저으며 말했다.

"너희 몰랐어? 맥스 말이 맞아. 그 애는 너희를 좀 싫어해. 내 생각엔…… 경쟁심이 좀 있는 것 같아. 질투심도 있는 것 같고."

"뭐 때문에?"

산비가 화가 나서 툭 말했다.

"애나는 친구가 별로 없어. 그리고 너희들은 언제나 그 애를 받아 주지 않았고."

"우리가 언제나……, 뭐?"

산비도 나만큼이나 당혹스러운 것 같았다.

"어디까지나 내 생각이지만, 애나는 홀던한테 푹 빠진 것 같아. 그렇게 되면 산비와 홀던의 영상이 설명되지."

맥스가 말했다.

홀던이 두 손을 내밀며 어깨를 으쓱해 보였다. 온 세상이 자신에게 빠지는 건 자기도 어쩔 수 없다는 듯.

미란다가 다시 대화를 이끌었다.

"봐, 맥스는 이미 너희에게 중요한 정보들을 주고 있잖아. 이제 모임을 시작해 볼까?"

나는 산비를 보며 물었다.

"어떻게 생각해?"

산비는 오랫동안 가만히 있었다.

"내가 그 비버들을 그렸어."

맥스가 불쑥 말했다.

우리는 동시에 맥스를 쳐다보았다.

"비버?"

내가 물었다. 맥스가 무슨 말을 하는지 도통 모르겠다.

"그 왜 있잖아, 도서관에 한 마리 있고, 교문 옆에 두 마리 있었는데."

"그게 비버였어?"

산비가 묻자 맥스가 대답했다.

"어마어마하게 큰 후드티를 입고 최대한 빨리 그렸지. 그래서 완벽하게 그리지는 못했지만⋯⋯."

나는 확실히 해 둘 필요가 있었다. 그래서 맥스에게 물었다.

"우리가 너를 받아 주면 너는 양쪽을 오갈 거야? 아니면 우리 쪽에만 있을 거야?"

"너희 쪽."

맥스가 재빨리 대답했다.

"이봐, 2년 전 미첼 영재중학교에 입학했을 때 나는 조쉬랑 어울리기 시작했어. 그리고 우리 둘 다 농구팀에 있지. 근데 암만 생각해도 나는 너희랑 더 잘 어울리는 것 같아. 나를 끼워 주면 확실하게 너희 편 할게."

"좋아. 앞으로 잘 지내 보자."

내가 말했다.

"그럼 우리가 여기서 뭘 하고 있는 건지 말해 줄래?"

미란다가 잊고 있던 걸 알려 주었다. 그 애는 이미 펜도 들고 있었다.

이번에는 나도 주저하지 않고 바로 말했다.

"우리는 또 다른 거리 예술을 계획하고 있어."

맥스가 한쪽 눈썹을 치켜올리며 물었다.

"또 다른?"

"그러니까 학교 규칙을 어기자고?"

미란다가 묻자 홀던이 그 애들에게 말했다.

"지금이라도 늦지 않았어."

"홀던, 심술궂게 굴지 마."

산비가 말했다. 그러고는 몸을 움직여 미란다 쪽으로 좀 더 가까이 갔다.

"내가 그 다람쥐 사진에다 조쉬의 얼굴을 붙였어."

미란다가 불쑥 말했다.

이 모임에는 참으로 다양한 비밀들이 있었다. 나는 친구들 얼굴을 하나하나 둘러보며 말했다.

"지금이라도 떠나고 싶은 사람은 떠나도 돼. 늦지 않았어. 우리는 그 거리 예술을 올바른 방식으로 어마어마하게 크게 할 거야."

"멋진데. 나는 안 떠날 거야."

미란다가 벌써부터 뭔가를 적으며 말했다.

나는 맥스를 힐끗 보았다.

"나도."

맥스가 말했다.

그때 가까운 곳에서 사이렌이 울렸다. 연못가의 왜가리가 날개를 퍼덕이며 날아올랐다. 우리는 집에 가야 했다. 하지만 이것이 어떤 신호가 되었는지, 우리는 학교, 조쉬, 애나…… 이런 생각들에서 잠시 벗어나 있었다. 내가 말했다.

"나는 요즘 뱅크시라고, 영국의 거리 예술가 책을 읽고 있어."

"뱅크시가 뭘 했는지 얘들한테 알려 줘."

산비가 말했다.

나는 심호흡을 했다.

"뱅크시는 영국 어느 건물의 감시 카메라 밑에다가 커다란 글씨로 '카메라로 감시당하는 국가'라고 적었어. 그것이 감시 카메라 바로 밑에 있었음에도 불구하고 아무도 뱅크시를 알아보지 못했지. 뱅크시가 잡히지 않고 작품들을 만들 수 있었다면, 우리도 학교 보안 시스템에 걸리지 않고 그 공개 행사 때 뭔가 거대한 일을 할 수 있을 거야."

잠시 동안, 친구들이 나를 쳐다보았다. 홀던조차도 그 애들과 섞여 몸을 기대고 있었다.

산비가 친구들을 둘러보며 말했다.

"뱅크시한텐 분명 협력자들이 있을 거야. 비밀 요원들로 구성된 팀 말이야. 그래서 망도 봐 주고 뱅크시의 작품을 사진으로 남기기도 하고."

지금까지 내 계획을 아는 사람은 산비밖에 없었다. 어제 오후, 홀던이 우리를 도서관에 남겨 두고 떠난 뒤에 우리는 세부 사항들을 자세히 살폈다.

나는 고개를 끄덕였다.

"미란다, 우리는 언론 보도가 필요할 거야. 그렇지 않으면 사람들이 그 예술을 모른 척할지도 몰라. 그러면 학교는 그것을 또다시 덮을 테고."

"나만 믿어. 만약 이 일이 크게 진행된다면 우리 엄마를 끌어들일 수도 있지."

미란다가 말했다.

"그렇게 되면 정말 굉장하겠다."

산비가 말했다.

"그럼 나는? 나는? 나는 뭘 하면 돼?"

맥스가 서둘러 내게 물었다.

우리가 아무래도 덩치 큰 강아지한테 비밀 요원을 제안해야 하나 보다.

"사진을 찍어 줘. 분명 앞으로 사진이 몇 장 필요할 거야. 완성된 작품도 사진으로 남겨야 하고, 언론사에 돌릴 보도용 자료에도 필요하고."

그러자 맥스가 목을 큼큼 가다듬었다.

"있잖아, 이걸 좀 더……, 그러니까 좀 더 크게 하는 건 어때?"

맥스가 얼른 대략적으로 자신의 생각을 말했다. 맥스는 겨우 2분 전에 이 계획에 대해 알게 되었다. 그래서 당연히 그렇게 치밀하지는 않았지만, 정말 괜찮은 아이디어였다.

"서튼 선생님하고 이야기해서 내 프로젝트를 바꿔야겠지만, 선생님도 이걸 더 좋아할 것 같아. 우리가 자세히 다 말하지만 않는다면."

맥스가 빙긋 웃었다.

우리는 세부 사항을 논의하기 시작했다. 산비와 논의하며 예상했던 것보다도 훨씬 더 멋지게 바뀌었다.

"언론 전략을 꼼꼼하게 잘 세워야 해. 내 블로그도 다시 살려 내고, 이것을 홍보할 수 있는 방법을 찾아야겠어."

미란다가 말했다.

"잘해 봐. 행운을 빌게. 근데 교장이 널 정말 싫어하는 것 같아."

내가 말했다.

그러자 미란다가 삐딱하게 미소 지었다.

"그래, 하지만 우리한텐 컴퓨터 천재 산비가 있잖아, 그렇지? 아무튼 우리는 학교 로비의 감시 카메라에도 접속해야 해. 맥스의 계획을 위해서 말이야. 그리고 궁금한 게 하나 있는데, 교장 몰래 내 블로그를 살릴 수 있을까?"

산비는 이것을 따져 보고 있었다.

"그날 로비 감시 카메라들에 다른 영상을 걸어 놔야 해. 우리가 뭘 하는지 아무도 못 보게 말이야. 그리고 미란다 블로그도 되살리려면……."

우리는 전부 산비의 판결을 기다렸다.

"아무래도 교장실에 들어가서 그쪽 컴퓨터를 좀 써야겠다."

우리는 서로의 얼굴을 보며 바보처럼 히죽히죽 웃었다. 아까 그 왜가리가 연못 가장자리로 다시 내려왔다.

나는 처음으로 우리에게 희망이 있을지도 모른다고 생각했다.

집까지 걸어가는데 머리가 계속 빙글빙글 돌았다. 우리가 이걸 성공시키려면 계획만도 수천 가지를 세워야 할 것이고, 또…….

나는 아파트 로비 입구에서 전자 열쇠를 찍어 유리문을 스르륵 열려고 했다. 그런데 50달러를 들고 보안 데스크에 서 있는 할머니가 보였다. 할머니는 그것을 경비원에게 건넸다. 경비원은 그것을 셔츠 주머니에 찔러 넣은 뒤, 몸을 앞으로 숙이고 뭐라 속삭였다.

이게 대체 무슨 일이지? 할머니가 왜 경비원에게 돈을 건넨 거지?

나는 유리문을 열고 들어갔다. 엘리베이터 앞에서 할머니를 따라잡았다.

"도미니카, 잘 지냈니? 스터디 모임은 어땠어?"

할머니가 미소 지었다.

나는 평상심을 유지하려고 애썼다.

"경비원한테 왜 돈을 주셨어요?"

할머니의 미소가 살짝 흔들렸다.

"아, 그거? 팁이야. 열심히 일하시잖니."

우리 경비원은 절대로 열심히 일하지 않았다. 하루 종일 휴대폰만 들여다보았다.

내 머릿속에는 또다시 퍼즐 조각들이 흩어져 있었다. 할머니는 내가 말한 적 없는데도 프랭크 아저씨에 대해 알고 있었다. 홀던과 산비가 우리 집에 온 날도 환히 꿰고 있었다. 그리고 엄마가 늦게 들어오는 날이면 언제나 그것도 알고 있는 눈치였다.

엘리베이터가 도착했다. 나는 할머니를 따라 안으로 들어갔다.

"제가 스터디 모임에 갔다고, 경비원이 말했어요?"

"애야, 경비원은 그냥 네가 학교에서 온 애들하고 나갔다고만 했어. 그래서 나는 스터디 모임인가 보다 했지. 오늘따라 질문이 많네?"

나는 잠시 망설였다. 할머니는 분명 거짓말을 하고 있었다.

"할머니를 진심으로 믿지 못해서 그런가 봐요."

나는 솔직하게 말했다.

"도미니카, 그건……."

할머니는 거기서 말을 멈췄다. 엘리베이터 문이 스르륵 열렸기 때문이다. 엄마는 요리를 하고 있었다. 아파트 복도에 들어서자마자 베이컨 냄새가 확 났다.

내가 현관문을 열고 들어가자 엄마가 소리쳤다.

"도미니카, 마침 잘 왔네. 새로운 오믈렛 조리법을 개발하고 있었거든."

나도 엄마에게 소리쳤다.

"할머니도 오셨어요. 그리고 할머니는 지금껏 우리를 염탐했어요."

엄마가 오븐용 장갑을 낀 채로 나왔다.

"방금 염탐이라고 했니?"

"할머니가 경비원한테 돈을 줬어요. 우리를 계속 지켜보라고."

"이런, 도미니카! 너는 지금 속단하고 있는 거야."

할머니가 서둘러 말했다.

그건 사실이었다. 하지만 할머니의 표정으로 볼 때, 내가 올바른 방향으로 속단했다는 것을 알 수 있었다.

"그래서 할머니가 프랭크 아저씨에 대해 알고 있었던 거예요. 둘이 요가 수업에서 만났다는 것도."

"네가 말한 거 아니었어?"

엄마가 물었다.

나는 고개를 저었다. 우리 둘은 몸을 돌려 할머니를 쳐다보았다.

바로 그때, 화재경보기가 울렸다.

"아! 베이컨!"

엄마가 오븐으로 뛰어갔다. 할머니는 얼른 창문을 열었고 나는 소파 쿠션을 집어 들었다. 그리고 그것을 연기 감지기 앞에서 흔들었다. 엄마도 쿠션을 들고 와 내 옆에서 같이 흔들었다. 마침내 그 소음이 멈췄다.

우리는 잠시 안도의 한숨을 내쉬었다. 누군가가 우리 집 문을 두드렸다.

"내가 나가 볼게."

엄마가 말했다.

할머니와 나는 현관 근처에 서 있었고 엄마가 현관문을 열었다. 엄마는 무슨 일인지 확인하러 온 경비원에게 감사의 인사를 전했다.

"베이컨이 조금 탔어요."

경비원이 뒤돌아 가려고 하자 엄마가 말했다.

"아, 한 가지 더요. 저희 어머니와는 더 이상 거래하지 말아 주세요."

경비원이 얼굴을 붉혔다.

엄마가 덧붙였다.

"아파트 관리위원회에서 이 일을 알게 되면 그냥 넘어갈지 잘 모르겠네요. 그럼 그렇게 해 주시는 걸로 이해해도 되겠죠?"

경비원은 목을 두 번이나 큼큼 가다듬은 후에야 말을 했다.

"네, 알겠습니다."

"다행이네요."

경비원이 돌아서서 가려 했다.

"아, 잠시만요!"

경비원의 표정은 또 다른 고문을 기다리고 있는 듯했다.

"스콘 좀 가져가세요. 오믈렛도 챙겨 드리고 싶지만, 그건 시간이 걸릴 것 같아서……."

엄마가 경비원에게 고통을 안겨 주는 동안, 나는 할머니를 따라 거실로 들어갔다. 할머니는 소파의 쿠션들을 정리하기 시작했다.

"너희들이 안전한지 확인하고 싶었어."

할머니가 나를 쳐다보지도 못하고 말을 이었다.

"너희 둘뿐이었잖니. 너는 너무 어렸고, 네 엄마는 너무 바빴고……."

나는 알아들었다, 어느 정도는.

"저는 더 이상 그렇게 어리지 않아요."

할머니가 나를 보았을 때 할머니의 눈은 촉촉하게 젖어 있었다. 나는 너무 놀라서 내가 화났다는 사실도 거의 잊어버릴 지경이었다.

"그래, 요즘 보니 다 컸더구나."

할머니가 코를 훌쩍였다.

엄마가 왔을 때 할머니는 눈물을 흘리며 우리에게 사과했다. 마침내 우리는 다 같이 끌어안았고, 모든 게 괜찮은 것처럼 보였다.

하지만 앞으로는 할머니가 그렇게 신통력을 보이지 않겠지.

16. 준비

한밤중에 휴대폰이 윙윙 울렸다. 잠에서 깨 확인해 보니, 맥스가 보낸 단체 문자였다.

맥스 : 학교에서 우리 어떻게 해? 서로 좋아하지 않는 척해야 하나? 아니면 점심때 같이 앉아서 계획이라도 짤까?

산비 : 학교에서 계획 짜는 건 안 돼.

미란다 : 그래, 맞아. 너무 위험해.

홀던 : 이봐, 한밤중이라고.

나 : 우리는 평소처럼 행동해야 해.

맥스 : ☹

맥스 : 그래, 알았어. 나도 그럴 줄 알았다고.

182

산비 : 잘 자.

맥스 : 너희도.

나는 기분이 좀 안 좋았다. 정말로 친구가 아닌 척해야 하는 걸까? 나는 맥스가 그 오랑우탄 녀석들하고 어울리는 걸 볼 수 없을 것 같았다.

나 : 잠깐!

나 : 맥스, 너 서튼 선생님하고 이야기해 볼 거잖아, 그렇지? 네 프로젝트에 대해서. 그럼 한번 물어봐. 그거 그룹으로 하면 안 되냐고.

홀던 : 으윽! 그룹은 이제 그만!

나 : 그러면 우리는 같이 어울릴 이유가 생기는 거잖아.

미란다 : 나도 할래!

홀던 : 셋이면 충분해. 더 들어가면 이상해 보일 거야.

미란다 : 맥스, 서튼 선생님한테는 네가 물어볼래?

나 : 내일 아침에 같이 가서 이야기해 보자. 1교시 시작 전에 서튼 선생님 교실에서 만날까?

맥스 : 오케이.

다음 날 아침, 맥스와 미란다, 나는 서튼 선생님의 책상에 모여 있었다.

"이렇게 보니 반갑구나. 그래, 내가 뭘 도와주면 될까?"

"윤리 프로젝트를 공동으로 해도 괜찮은지 궁금해서요."

내가 말했다.

서튼 선생님이 눈썹을 치켜올렸다. 맥스가 미란다와 나를 협박한 건 아닌지 의심하고 있는 것 같았다. 하지만 맥스는 이미 그 애의, 그리고 우리의 프로젝트 제안서를 내놓고 있었다.

나는 흥분을 가라앉혀야 했다. 비록 맥스가 그 애의 작품 중 일부만을 보여 주고 있었지만, 나는 그것이 내 작품과 어떻게 조화를 이룰지 정확히 알 수 있었다.

"이건 개인과 집단에 대한 탐구예요."

맥스가 그 애의 제안서에 담긴 인물 사진들을 가리키며 설명을 이어 갔다.

"사람들은 전부 독특하지만 그런 사람들이 모여서 학교 공동체를 구성하지요."

맥스는 의외로 거짓말을 잘했다.

서튼 선생님이 고개를 끄덕였다.

"아주 멋진 계획인 것 같구나."

"그래서…… 로비 한쪽 벽에 작품을 설치하고 그걸 공개 행사 때 전시했으면 좋겠어요. 그러려면 교장선생님에게 허락을 받아야겠죠?"

내가 물었다.

우리는 가만히 숨을 죽이고 기다렸다.

서튼 선생님이 출입문 위쪽에 달린 감시 카메라를 힐끗 보았다. 서튼 선생님의 입꼬리가 아주 미세하게 배뚤어졌다.

"그건 내가 알아서 할게. 교장선생님도 이 특별한 아이디어를 마음에 들어 하실 것 같아."

드디어 해냈다!

우리는 교실을 나왔고, 맥스가 우리 어깨를 한 대씩 쳤다. 꽤 얼얼했다.

"모든 준비가 끝났어!"

맥스가 소리쳤다.

"너 정말 대단하던데."

내가 말하자, 맥스의 얼굴이 빨갛게 물들었다.

우리 셋은 이제 공식적으로 프로젝트를 함께 진행하지만, 그래도 점심을 같이 먹는 건 아직 이상했다.

홀던과 산비, 나는 우리가 자주 가던 학교 식당의 식탁에 앉았다. 그러면서 우리가 이 계획을 짜기 전에 무슨 이야기를 나눴는지 기억해 내려고 애썼다. 맥스는 언제나 그랬듯 조쉬 패거리들과 함께 지나갔다. 그 애들의 고함 소리가 식당을 가득 메우는 것 같았다. 조쉬 패거리들이 우리 옆을 지나갔을 때 맥스가 갑자기 뒤돌아서 우리에게 윙크했다.

미란다만이 우리를 못 본 척했다. 미란다는 평소 그 식탁에, 여자아이들로 가득한 그 자리에 앉아 있었다. 쟁반 앞으로 책을 한 권 펼쳐서 세워 놓고 있었는데, 미란다의 턱에 케첩이 한 방울 떨어져 있었다.

"그만 쳐다봐."

산비가 나를 팔꿈치로 쿡 찔렀다. 그러고는 작은 깡통을 내밀며 제안했다.

"박하사탕 먹을래?"

우리는 사탕을 하나씩 집어 들었고 홀던이 선언하듯 말했다.

"건배! 우리의 성공을 위하여!"

우리는 박하사탕을 톡 부딪쳤다.

우리가 마지막 수업에 들어가고 있는데, 미란다가 나타나서 산비와 나를 끌고 여자 화장실로 들어갔다.

"내 블로그 접속이 아직 안 돼. 그게 빨리 해결돼야 필요한 말을 하지. 그러니까 산비를 얼른 교장실로 들여보내야 한다고."

"마시 비서가 문제야. 항상 교장실 앞에 있잖아."

내가 말했다.

"오후 행사가 있을 때 거기 들어갈 수 있을지도 몰라. 마시 비서는 오후 3시 15분에 퇴근하거든. 산비, 교장 컴퓨터에서 작업하는데 시간이 얼마나 걸릴 것 같아?"

"우선은 비밀번호가 필요해."

"어른들은 그걸 항상 어딘가에 적어 놓던데."

미란다가 말했다.

"비밀번호만 알면 2, 3분이면 충분해."

산비가 말했다.

예비 종이 울렸다. 이러다가 수업에 늦을 수도 있었다.

우리는 교실로 향했다.

"그럼 언제 할까?"

미란다가 내게 물었다.

"좀 더 생각해 보자. 분명 해결책을 찾을 수 있을 거야."

노박 선생님의 수학 시간, 나는 머릿속으로 공개 행사 계획을 점검했다. 이제 일주일밖에 안 남았다.

우리는 학교 모토인 '세쿠리타스 제네라 빅토리아'를 로비의 제일 큰 벽에 검은색 글씨로 쓸 것이다. 맥스는 해야 할 일이 하나 더 있었다. 그건 우리가 처음으로 비밀 모임을 가졌을 때 맥스가 추가로 제안한 사항이었다. 맥스는 인물 사진들을 수없이 많이 찍은 뒤, 벽에 쓴 커다란 글씨 안에 그 사진들을 다 담을 것이다. 그래서 학교 모토가 미첼 영재중학교 학생들의 얼굴로 다 채워지도록 말이다. 인물 사진들 아래의 하얀색 벽에다가는 그 학생 게시판 영상의 스틸 사진 세 장을 비출 것이다.

학교 모토 양쪽 끝에는 검은색 극장용 커튼을 칠 것이다. 커튼 뒤에 숨겨진 적나라한 폭로 그림은 그날 저녁 내가 학교에 내는 기부금이 될 것이다. 하지만 내 몫인 그 스텐실 작업은 아직 시작도 하지 않았다. 그래서 지금 당장은 그것에 대해 생각하지 않을 것이다.

나는 숨을 깊이 들이마셨다.

미란다는 보도 자료와 언론사 연락처 목록을 만드느라 바빴다. 홀던은 엄마에게서 영사기를 빌려 올 것이다. 산비는 공개 행사가 있는 날 오후 동안 학교 보안이 해제되도록 할 것이다. 준비하는 우리 모습이 감시 카메라에 잡히지 않도록 말이다. 그리고 산비는 미란다의 블로그도 되살릴 것이다. 하지만 그건 전적으로 내가 산비를 교장실에 넣어 줄 수 있느냐 없느냐에 달려 있었다.

수학 시간이 끝나고 복도를 지나다가 학부모 회의를 알리는 포스터를 보았다. 그건 월요일 저녁이었는데 공개 행사 이틀 전이었다. 시간이 빠듯했다. 하지만 그것을 성공하지 못하면, 우리의 모든 프로젝트가 위험에 처할 것이다. 하지만 성공한다면…….

학부모 회의에는 산비 아빠나 홀던 엄마처럼 거물급 부모들과 교장선생님이 참석했다. 우리에게 필요한 건, 바로 그런 상황이었다. 저녁때 학교는 열려 있지만 교장선생님이 교장실을 비운 상황 말이다. 만약 교장선생님이 다른 곳에서 오랫동안 있을 수 있다면,

산비는 교장선생님의 컴퓨터에 접속해서 감시 카메라를 조정하고 미란다의 블로그도 되살릴 수 있을 것이다.

우리는 학부모 회의가 진행되는 동안 학교에 있을 핑계가 필요했다.

아, 어떤 핑계를 대야 우리가 그 회의에 참석할 수 있을까? 누군가 교장선생님과 학부모 앞에서 뭔가 설득력 있는 말을 해야 할 것이다.

"괜찮아?"

내가 인문학 교실에 들어가 자리에 앉을 때 홀던이 물었다.

"그냥 생각 중이야."

"무슨 생각?"

바로 그때, 리 선생님이 수업을 시작했다.

"기술 자문 조직을 꾸리는 건 어때?"

내가 홀던에게 속삭였다.

홀던은 내가 쓰레기통을 뒤져서 점심을 먹자고 제안한 것처럼 쳐다보았다.

"교장실에서 교장을 나오게 해야 하는데, 월요일 저녁에 학부모 회의가 있어. 그렇게 되면 나는 산비를 교장실에 들여보내서 컴퓨터를 사용할 수 있게 할 수 있지."

"그거하고 기술하고 무슨 상관이 있어?"

나는 확실히 침착해질 필요가 있었다.

"우리는 학부모 회의에서 기술 자문 조직에 대해 발표할 거야. 그러면 교장이 관심을 갖고 그 회의에 계속 있겠지. 그사이에 산비랑 내가 교장실에 들어가는 거고."

"위험할 텐데."

"알아."

"하지만 학부모들은 기술 자문……, 뭐 그거를 무척 좋아할 거야. 군침을 흘릴걸?"

"잘됐네. 너랑 맥스가 발표할 거니까."

이제 홀던은 쓰레기통을 뒤져서 점심을 먹어야 하는 표정을 지었다. 하지만 놀랍게도, 홀던이 고개를 끄덕였다.

"진짜 할 거야?"

나는 믿을 수 없었다.

"도미니카 리버스, 무슨 문제라도 있니?"

리 선생님이 물었다.

"죄송합니다."

내가 중얼거리듯 말했다.

"얘들아, 집중하자."

리 선생님이 다시 수업을 진행했다.

공개 행사 때 사용할 투명 필름이 많이 필요했다. 엄마나 할머니에게 미술용품점에 데려다 달라고 할 수도 있었지만, 그러면 엄마랑 할머니는 그게 왜 필요한지 궁금해할 것이다. 게다가 나는 정말로 투명 필름이 많이 필요했다. 그래서 결국 크로프턴 미술 선생님에게 부탁해 보기로 했다.

수업이 끝나고 미술실에 가니 크로프턴 선생님이 붓을 씻고 있었다. 선생님은 작업복 밑에 바지를 입고 있었다. 평소 즐겨 입던 원피스 대신에.

"선생님, 미술 프로젝트에 쓸 물품이 필요해요. 수업 시간 외에 쓸 걸로."

"도미니카, 예술은 오전 9시부터 오후 3시까지만 하는 게 아니란다."

잠시 동안, 나는 이 일이 예상보다 쉬울 것 같다고 생각했다.

"하지만 아무리 예술적인 거라도 교장선생님에게 예산을 청구해야 하지."

으윽. 교장선생님은 내가 맡은 이 프로젝트가 뭔지 전혀 모른다.

"정말 중요한 프로젝트라면요?"

"도미니카, 예술은 전부 중요한 거야. 예술은 전부 살아가는 데 꼭 필요한 거라고."

크로프턴 선생님이 물기 묻은 손을 한쪽 가슴에 대고 톡톡 두드렸다. 여러 색이 혼합된 물방울이 선생님 작업복으로 똑똑 떨어졌다.

이제 설득할 수 있는 방법은 한 가지밖에 없었다.

"몇 주 전, 학생 게시판에 올라온 그 영상들 아시죠?"

그러자 선생님이 붓을 더 세게 문지르면서 '혐오'가 어쩌고 하며 중얼거렸다.

"저는 그것에 대한 반응을 보여 주려고 해요. 그것도 예술을 통해서요."

나는 솔직하게 말했다.

그런 다음 입술을 잘근잘근 씹으며 기다렸다.

크로프턴 선생님이 붓을 씻다 말고 눈을 가늘게 뜨며 나를 보았다.

"너의 그 반응이란 건, 불법적인 거니? 아니면 부도덕적이거나 위험한 거니?"

"으음…… 전부 다 아니에요."

선생님이 손을 뻗어 미술용품이 있는 벽장을 가리켰다. 물방울이 바닥으로 뚝뚝 떨어졌다.

"필요한 거 있으면 가져가."

나는 선생님이 마음을 바꾸기 전에 투명 필름 한 뭉치를 통째로 집어 들고 미술실을 나왔다.

집에 도착한 뒤, 책상을 깨끗이 치우고 투명 필름을 한 장 꺼냈다. 그런 다음 내가 그린 거대한 스케치의 일부분 위에 그것을 조심스럽게 놓았다.

그리고 투명 필름을 자르기 시작했다.

다람쥐의 수염을 자르는 건 엄청난 고통이었다. 그것을 절반쯤

했을 때 나는 뱅크시에 대해 새로운 사실을 알게 되었다. 분명 뱅크시는 인내심이 매우 강한 사람일 것이다. 내 방은 플라스틱과 종잇조각들로 어질러져 있었다. 진공청소기로 청소하는 데 시간이 오래 걸렸지만, 마침내 그것도 해내고 말았다.

엄마 침대 밑에서 여행용 가방을 하나 꺼내 그 안에 스텐실을 돌돌 말아 넣었다. 테이프와 우리가 선택한 '페인트'도 넣었다. 나는 모든 준비를 끝냈다.

이제 남은 건 교장선생님의 컴퓨터뿐이었다.

17. 비밀번호

월요일이 되었다. 우리는 서로 엄청 많은 문자를 주고받았다. 우리 휴대폰이 폭발하지 않은 게 신기할 따름이었다.

우리는 각자 저녁을 먹고 학부모 회의가 시작되기 30분 전에 학교에서 만났다. 홀던과 맥스는 와이셔츠에 넥타이를 매고 있었다.

"교장실에선 10분 정도만 있으면 돼. 그러니까 길게 얘기할 필요도 없어."

내가 홀던에게 말했다.

"이쪽 일이 끝나는 대로 강당 문 앞에서 손을 흔들게. 그러면 발표를 마무리해도 돼."

미란다가 말했다.

"좋았어."

맥스가 체육 코치처럼 두 손을 탁 맞잡으며 말을 이었다.

"우린 저 안으로 들어갈 테니, 너희 셋도 이만 사라지는 게 좋을 거야."

그 순간, 출입문이 빙글 열리면서 맥스 엄마가 나타났다.

"어머, 얘들아, 맥스와 홀던을 응원해 주러 왔구나. 자, 이쪽으로 오렴."

우리는 그렇게 붙잡혀서 강당으로 들어갔다. 맥스 엄마가 우리를 보며 뒤에 늘어선 의자들을 가리켰다. 앞에서는 학부모 2, 30명이 모여 수다를 떨고 있었다. 교장선생님과 소셜 미디어 자문 위원인 소사 씨는 영사기를 테스트하고 있었다.

조쉬는 저쪽 의자에서 고개를 푹 숙인 채 휴대폰을 만지작거리고 있었다.

개회가 선언되었다. 지난 달 회의록과 재정 보고가 간단한 투표로 통과되었다. 학부모 모임의 재정 상황은 생각보다 훨씬 더 좋았다.

드디어 조쉬가 우리를 알아본 모양이다. 조쉬가 속삭이듯 소리쳤다.

"맥스! 야, 맥스!"

조쉬는 맥스가 그 애에게 손을 잠깐 흔들 때까지 저쪽에서 계속 조용히 소리쳤다.

"맥스, 여기서 뭐 해?"

그러자 강당 앞쪽의 테이블에 서 있던 맥스 엄마가 목을 가다듬으며, 그 둘을 날카롭게 쳐다보았다. 그런 다음 소사 씨를 소개했다.

"이분은 우리 아이들을 온라인에서 안전하게 지킬 수 있는 방법을 알려 주기 위해 오셨습니다."

나는 점점 더 애가 타들어 갔다. 아, 어떻게 하면 여기서 빠져나가 교장실로 갈 수 있을까?

"…… 학생들의 안전이 최우선이지요. 저희는 사생활 보호 정책을 엄격하게 지키고 있습니다. 그리고 이 학교에 다니는 학생들은 행실이 아주 바르지요. 학생들이 잘못을 저지르지 않는 한 걱정할 것은 하나도 없습니다."

소사 씨의 이야기가 끝나자 잠시 동안 박수가 쏟아졌다. 홀던과 맥스가 강당 앞으로 걸어 나갔다. 홀던은 금방이라도 쓰러질 것 같았지만, 맥스는 이런 일을 매일 하는 사람처럼 아무렇지도 않아 보였다. 맥스가 말했다.

"소사 씨, 조금 전의 발표 감사합니다. 마침 저희가 논의하고 싶은 것도…… 학생들이 학교의 사생활과 보안 정책에 참여할 수 있는 방법입니다. 저희는 학교에 기술 자문 위원회의 설치를 제안하려 합니다."

그다음에는 홀던이 노트북을 연결한 뒤, 슬라이드를 하나씩 넘기며 설명했다. 그러면서 연사들을 초청하고 학생 자원 캠페인을 진행하려면 자금이 필요한데, 그것을 학부모 회의에서 지원해 주면 좋겠다고 했다.

맥스 엄마와 홀던 엄마가 학부모들의 열렬한 박수갈채를 이끌었다. 학부모 회의는 투표를 통해 기술 자문 위원회의 모든 비용을 지원하기로 결정했다.

학부모들은 마지막으로 우리에게 박수갈채를 보내 주었다. 비록 가짜 위원회를 위한 가짜 발표였지만 내 얼굴은 홀던과 맥스만큼이나 상기되어 있었다.

교장선생님이 우리 쪽으로 왔다.

"바래다줄게."

나는 속이 배배 꼬이는 느낌이었다.

교장선생님은 맥스, 홀던과 같이 걸었고, 나머지 우리는 그 뒤에서 조용히 따라갔다.

교장선생님이 말했다.

"나는 언제나 학생들이 주도하는 계획을 지지해 왔단다. 너희들이 나한테 먼저 왔으면 좋았을 텐데 말이야."

그러자 홀던이 이마를 툭 치며 말했다.

"아, 그러네요. 그렇게 했어야 하는데."

교장선생님이 홀던을 수상쩍게 쳐다보았다.

우리는 로비를 걸었다. 잠시 후면 이곳을 지나 출입문 밖으로 나갈 것이다. 그리고 우리 뒤에서 문이 닫히겠지.

"화장실 좀 갈게요."

산비가 갑자기 말했다.

우리는 걸음을 뚝 멈췄다.

"뭐라고?"

교장선생님이 돌아서며 물었다.

그러자 산비가 바보같이 헤헤 웃으며 말했다.

"죄송해요. 얘네 둘이 발표하는 걸 보느라고 꾹 참고 있었거든요. 잠깐 화장실에 들러도 될까요? 저희끼리 나가도 되는데."

"그래."

교장선생님이 우리와 차례로 악수를 나눴다. 그리고 마침내 강당 쪽으로 몸을 돌리며 말했다.

"기억하렴. 내 문은 언제나 열려 있단다."

교장선생님이 안으로 들어가자 내 무릎이 부들부들 떨렸다.

"잘했어."

홀던이 산비에게 속삭였다.

"자, 그럼, 가실까요?"

홀던이 라 파티세리의 웨이터처럼 우리를 앞으로 안내했다.

그때 산비가 말했다.

"잠깐. 너무 많아. 다 같이 가기엔 너무 많다고. 미란다랑 도미니카는 나랑 가고, 홀던하고 맥스는 밖에 있어."

모두 같이 있으면 마음은 편할 것이다. 하지만 산비 말이 맞았다. 우리는 남자애들이 자유를 향해 출입문을 밀고 나가는 모습을 지켜보았다. 그런 다음 마시 비서의 안내 데스크를 향해 돌아섰다.

"감시 카메라."

안내 데스크에 다가갔을 때 내가 말했다. 우리는 거의 동시에 후드를 뒤집어썼다.

"나중에 우리였다는 걸 다 알게 될 거야."

산비가 말했다.

"그냥 예방 조치일 뿐이야. 그리고 교장실에 들어가면 네가 컴퓨터에 접속해서 이 장면을 지우라고."

내가 말했다.

우리는 안내 데스크를 지나 교장실로 향했다. 나는 혹시나 하며 손잡이를 돌려 보았다. 하지만 역시나 잠겨 있었다. 산비가 망을 보는 동안 나는 마시 비서의 안내 데스크로 갔다. 그리고 그 아래에서 열쇠 꾸러미를 꺼냈다. 손이 땀으로 흥건해서 그것을 떨어트릴 뻔했다. 첫 번째로 넣은 열쇠는 맞지 않았다. 두 번째도 마찬가지였다.

"이리 줘 봐."

미란다가 열쇠 꾸러미를 낚아채며 말했다.

하지만 달라진 건 없었다. 미란다가 하나를 넣어 보고, 또 다른 걸 넣어 보았다. 그때 자물쇠에서 딸깍 소리가 났다.

우리 셋은 얼른 안으로 들어갔다. 잠시 동안, 아무 말도 하지 않았다. 모두 숨을 가쁘게 몰아쉬었다.

"자, 됐어. 이제 어떻게 하면 될까?"

내가 물었다.

산비가 교장선생님의 커다란 의자에 살며시 앉은 다음, 컴퓨터 모니터를 켰다.

"비밀번호를 알아야 해. 책상 서랍이나 캐비닛을 찾아봐. 그 밖에 있을 만한 곳은 어디든 전부."

산비는 이미 스테이플러 밑이나 가족사진 액자의 뒷면을 엿보고 있었다.

"앗, 이것 좀 봐."

산비가 키보드 옆에 펼쳐져 있는 교장선생님의 일정표를 가리키며 말했다. 거기에는 수요일 오후의 약속이 휘갈겨져 있었다.

미용실 예약 - 오후 3:30

"교장은 공개 행사 바로 전에 미용실에 있을 거야! 정말 완벽해! 그러면 그날 오후 동안 CCTV에 다른 영상을 걸 필요도 없어. 그냥 오늘밤 영상을 지우기만 하면 돼. 그리고……."

"완벽해. 하지만 비밀번호부터 찾아야지."

미란다가 말했다.

"산비, 다른 방법은 없어?"

내가 물었다.

"나는 전문 해커가 아니라고!"

산비가 말은 이렇게 했지만 키보드를 이렇게 저렇게 쳐 보기 시작했다.

나는 캐비닛을 뒤지기 시작했다. '홀던 라클레어'나 '맥스 린'의 서류를 읽고 싶은 충동을 억누르며 휙휙 넘겼다. 하지만 '마커스 그리'의 서류는 얼른 접어서 주머니에 집어넣었다.

"나 좀 도와줘."

산비가 속삭였다.

"피보나치수열로 한번 해 볼래?"

나는 애나의 바인더를 기억해 내고 말했다.

"뭐?"

"1, 1, 2, 3, 5……."

내가 숫자들을 불렀다.

"됐어! …… 이런, 학생 게시판에는 접속했지만, 관리자가 아니라 편집자로 들어갔네."

산비가 알려 주었다.

미란다는 캐비닛 뒤쪽 벽, 책상 아래, 그림 뒤쪽을 찾아보고 있었다. 그런 다음 플라스틱 의자 밑에서 말했다.

"없어."

그 순간, 내 손가락이 어느 서류에서 뚝 멈췄다. '맥플러피킨스 플러피'라는 라벨이 붙어 있었다. 너무 눈에 띄는 이름이었다. 그리고 그 안에…….

"찾았다."

비밀번호가 쭉 적혀 있었다. 우리는 마음만 먹으면 교장선생님의 은행 계좌에도 접속할 수 있었다. 나는 그 종이를 산비에게 건넸다.

"흥, 애완동물 이름이군."

산비가 비웃었다. 그리고 잠시 후…….

"들어갔어!"

"멋져. 우리 이제 여기서 나가도 돼?"

이것은 분명 내 아이디어였다. 하지만 교장실에 오래 머물면 머물수록 마음이 졸여서 미칠 지경이었다.

"잠깐만. 오늘밤 그 CCTV 장면을 지워야지. 그리고 교장이 학생 게시판하고 미란다의 블로그에 접근하지 못하도록 이미 차단했어."

"교장이 눈치채지 않을까?"

미란다가 물었다.

"그러지 않기를 바라야지. 그리고 이제 그곳에 글을 올리는 사람은 아무도 없어. 그래서 모니터링하지도 않을 거야."

내가 말했다.

"이제 1초만 있으면……."

그런데 우리에게는 그 1초도 안 남았다. 내가 비밀번호 서류를 제자리에 갖다놓고 캐비닛 문을 닫는 순간, 교장실 밖에서 어수선한 소리가 들렸다.

우리는 전부 그 자리에서 얼어 버렸다.

"로그아웃."

내가 낮게 말했다.

"다 했어."

산비는 책상 아래로 들어갔다. 미란다는 문 뒤의 벽 쪽으로 몸을 붙였다. 나는 어디에 숨어야 하지? 그리고 그럴 필요가 있을까? 교장선생님은 들어오자마자 우리를 전부 찾아낼 것이다.

시간이 없었다. 손잡이가 움직이며 문이 휙 열렸다.

18. 발각

나는 교장실 한가운데에 얼어붙은 채 서 있었다. 교장선생님은 마시 비서의 안내 데스크에서 누군가와 이야기를 나누고 있었다. 문을 연 사람은 교장선생님이 아니었다. 조쉬였다.

조쉬가 입을 쩍 벌리고서 나를 쳐다보았다. 나는 조쉬 너머를 응시했다.

교장선생님이 말했다.

"학생들은 이 시스템에 만족하고 있는 것 같아요. 다음 달에는 우리의 소셜 미디어 계획에 대해 이야기해 보려고요. 요즘 모니터하고 있는 학생 계좌가 몇 개죠?"

로비에서는 출입문으로 향하는 학부모들의 웅성거리는 소리가 들렸다.

조쉬가 고개를 천천히 앞뒤로 돌리며 그 애 엄마와 나를 보았다. 나는 반쯤 열린 문 뒤로 미란다가 서 있는 게 보였다. 미란다는 경첩 틈새로 조쉬를 엿보고 있었다. 미란다는 두 손을 벽에 꼭 붙이고 있었다. 마치 벽 속으로 사라지려는 듯. 나는 미란다가 무슨 생각을 하는지 알 수 있었다. 조쉬가 왜 아직도 여기 있는 거지? 그리고 뭘 하려는 거지?

"오늘밤 수고하셨습니다."

교장선생님이 안내 데스크 너머로 손을 내밀며 말했다. 소사 씨도 몸을 숙이며 손을 내밀었다.

"내일 이 문제에 대해 좀 더 이야기 나눠 보도록 해요. 괜찮겠죠?"

이제 교장선생님이 몸을 돌려 나를 볼 것이다. 몇 초 후면.

나는 숨 쉬는 법도 잊어버렸다.

조쉬가 어깨 너머로 그 애의 엄마를 흘끗 쳐다보았다. 그리고 다시 나를 보았다. 조쉬는 생각에 잠긴 표정이었다. 그러더니 갑자기 얼굴에 생기가 돌았다.

나는 조쉬에게 조용히 애원했다.

절망적이었다.

교장선생님이 돌아섰다.

조쉬가 안내 데스크 쪽으로 걸음을 옮기며 말했다.

"엄마?"

심장이 한 번 쿵 뛰었다. 그리고 맹세컨대, 그대로 멈춰 버렸다.

"도서관 근처에서 그 다람쥐 같은 걸 또 본 것 같아요."

그러자 교장선생님이 목구멍 안쪽으로 으르렁 소리를 냈다. 그리고 뒤돌아서 나가 버렸다.

나는 카펫으로 쓰러질 뻔했다.

조쉬가 도와주었다. 그런데 왜?

산비가 떨리는 숨을 길게 내쉬었다. 하지만 책상 밑에서는 아무것도 보이지 않았다.

조쉬가 몸을 돌리더니 히죽히죽 웃었다.

"그래서 바빴구먼."

당연히 조쉬는 진심으로 나를 도와준 게 아니었다. 그냥 내 협박거리를 찾고 있는 거였다.

아니, 어쩌면 아닐 수도 있었다. 조쉬 얼굴에 낯선 표정이 스쳐 지나갔다.

"너도 감시 카메라를 좋아하지 않는구나."

그러자 조쉬가 얼굴을 찡그리며 말했다.

"너만큼이나."

조쉬의 표정을 보니 진심이었다.

"얼른 나가는 게 좋을 거야. 그리고 이따 밖에서 나 좀 보자."

조쉬가 말했다. 그러고는 엄마를 쫓아 성큼성큼 걸었다.

"자, 나와."

나는 미란다와 산비에게 목소리를 낮춰 말했다.

우리는 주저하지 않고 출입문을 향해 달음박질쳤다.

출입문 밖에 홀던은 없었다.

"밀크셰이크 먹으러 갔어."

맥스가 말했다.

"밀크셰이크?"

성공을 축하하기에는 좀 이른 것 같았다.

"걔네 엄마가 완전 들떠서 홀던을 끌고 가 버렸어."

맥스가 설명했다.

그러고는 기대에 찬 눈빛으로 나를 쳐다보았다. 산비와 미란다
도 똑같은 눈빛이었다. 다음에 무엇을 해야 하는지 내가 알려 주기
를 기다리고 있었다.

뭘 해야 하지? 나는 속이 울렁거렸다.

"좋아, 너희 셋은 이제 집으로 가. 나는 조쉬를 기다릴게."

"조쉬?"

맥스가 물었다.

"정말 괜찮겠어?"

산비가 내게 물었다.

"응, 괜찮아. 너희는 어서 가."

내가 산비에게 말했다.

맥스는 여전히 조쉬에 대해 묻고 있었다. 산비가 맥스를 잡아당기며 말했다.

"내가 설명해 줄게."

"우리 끝난 거 아니지? 계속하는 거지?"

미란다가 산비와 맥스를 쫓아가기 위해 몸을 돌리며 물었다.

나는 고개를 힘차게 끄덕이며 대답했다.

"응, 아직 끝난 거 아니야."

하지만 나는 정말 모르겠다. 시멘트 계단에 앉았다. 해 질 녘 추위에 몸이 살짝 떨렸다. 나는 그 대답이 도착하기를 기다렸다.

조쉬가 혼자 나타나자 마음이 조금 놓였다.

"그래서 무슨 계획이라도 있는 거야? 우리를 감시에서 자유롭게 할 수 있는 거냐고."

조쉬가 내 옆에 앉으며 물었다.

조쉬의 말투에는 빈정거림이 묻어 있었지만 목소리만큼은 평소와 완전히 달랐다.

"너희 엄마는 왜 그렇게 감시 카메라에 집착하는 거야?"

내가 물었다.

조쉬는 아무 말도 하지 않았다. 아무래도 조쉬의 기분을 상하게 했나 보다. 원래 자신이 자기 엄마를 흉보는 건 괜찮지만, 다른 사람이 그러는 건 절대 괜찮지 않은 법이다.

하지만 결국 조쉬는 한숨을 내쉬며 말했다.

"여섯 살 때, 우리 아빠가 나한테 와서 놀러 가자고 했어. 엄마는 나중에 올 거라고 하면서. 근데 엄밀히 말하면 아빠가 나를 납치했던 거야. 아빠는 상태가 더 안 좋아졌고, 우리는 호텔 방을 떠나지도 못했지. 그 시간이 내겐 영원 같았어."

"양육권 분쟁!"

내가 불쑥 말했다. 어렸을 때 본 그 포스터가 기억났다.

"그래서 너를 어떻게 찾아낸 거야?"

"어느 날 아빠가 샤워를 하는데 호텔 종업원이 청소하러 들어왔어. 그때 내가 우리 엄마한테 전화해 달라고 부탁했지."

엄격하기만 한 교장선생님과 자식을 잃은 엄마의 이미지가 잘 연결되지 않았다.

"그래서 경찰이 왔고, 그다음에는 엄마가 와서 나를 데려갔어."

"너희 아빠는?"

"치료받고 있어. 가끔 아빠를 보러 가는데, 그때마다 누군가가 우리를 감시해. 그게 얼마나 짜증나는 일인지, 너도 알지?"

나는 정말 믿을 수 없었다. 마치 실종 포스터 속의 그 아이가 여기 앉아 있는 것 같았다.

"우리 엄마가 약간, 아니 좀 많이 과잉보호하지."

조쉬가 말했다.

"너희 엄마가 왜 그렇게 감시에 집착하는지 이제 이해되네. 자, 어떻게 할 거야? 내가 교장실에 들어간 거, 너희 엄마한테 말할 거야?"

그러자 조쉬가 생각해 보겠다는 듯 고개를 살짝 기울이며 물었다.

"무슨 일을 꾸미고 있는지 말해 줄 수 있어?"

조쉬가 평소처럼 히죽히죽 웃었다.

나는 잠시 망설이다 그냥 다 말해 주었다.

집에 들어가자마자 나는 주머니에서 노란색 서류를 꺼내 펼쳤다. 종이 하단에서 전화번호를 찾은 다음, 마커스에게 전화를 걸었다.

"나야, 도미니카 리버스……. 인문학 수업 같이 들었는데."

"그래, 안녕."

마커스가 잔뜩 기죽은 목소리로 말했다. 그러면서 미첼 영재중학교에는 돌아가지 않을 거라고 했다. 홈스쿨을 하거나 다른 학교로 전학 갈지도 모른다고 했다.

나는 마커스에게 우리의 계획을 알려 주었다. 그러자 그 애의 목소리가 약간 활기를 띠었다.

"내 영상, 너희들이 써도 좋아."

"괜찮아. 네 상황을 더 악화시키고 싶진 않거든."

그러자 마커스가 무미건조하게 웃었다.

"지금보다 더 악화될 순 없을 거야."

"공개 행사 때 와. 그래서 네가 잃어버린 것들을 전부 되찾아야지."

내가 제안했다.

"글쎄, 과연 그렇게 될까?"

"그런데 정말 괜찮은 거야? 네 영상 써도?"

"물론이지. 나도 약간이나마 동참하고 싶어."

전화를 막 끊으려 할 때, 마커스가 내 이름을 불렀다.

"응? 왜?"

"고마워. 그런 계획을 세워 줘서."

나는 마커스에게 공개 행사 때 오라고 다시 한번 말했지만, 그 애는 이미 전화를 끊은 상태였다. 마커스가 그때 오든 안 오든, 그 애는 적어도 우리 계획에 동참한 것이다.

수요일 오후, 미란다와 맥스, 나는 서튼 선생님에게 양해를 구하고 수업에 빠졌다. 우리는 관리실에서 사다리 두 개와 바닥에 깔천을 하나 빌려왔다. 그런 다음 그것들을 안내 데스크 바로 맞은편 벽에 설치했다. 맥스와 미란다가 적당한 위치에 스텐실을 대고 있으면 내가 가서 테이프로 고정시켰다. 손이 바들바들 떨렸다.

"뒤로 물러서서 이게 똑바로 붙어 있는지 볼래?"

맥스가 물었다.

"똑바로 붙어 있으면 안 돼! 아치형으로 있어야 한다고!"

내 말이 빠르고 날카롭게 나왔다.

"도미니카, 걱정하지 마. 다 잘될 거야."

맥스가 말했다.

그러고는 '제네라' 단어를 침착하게 벽에 고정시켰다.

"다음 건 어느 쪽으로 기울여야 하는지 알려 줘. 어때, 괜찮아?"

맥스가 물었다.

나는 양쪽 엄지손가락을 들어 보였다.

맥스가 스프레이 통을 흔들고 있을 때 리 선생님이 우리 옆을 지나갔다. 리 선생님은 수상쩍다는 듯 사다리를 유심히 보았다.

"허락받고 하는 거니?"

"그럼요. 그리고 이건 수용성이에요."

맥스가 대답했다.

리 선생님이 끙 앓는 소리를 낸 뒤, 멀리 걸어갔다.

우리가 계획의 일부분이라도 허락을 받아 정말 다행이었다. 서튼 선생님과 교장선생님은 우리가 벽화를 그리고 그 안에 학생들의 인물 사진을 넣는다는 것까지는 알고 있었다. 하지만 딱 거기까지만 알고 있었다.

갑자기 애나가 내 옆에서 툭 나타났다.

"나뭇가지가 멋지네."

내가 말했다.

애나의 머리띠에는 초록 나뭇잎이 돋아난 잔가지가 붙어 있었다.

"맘에 들어?"

애나가 손가락을 하늘거리며 그 머리띠를 매만졌다.

"이거 지금 아시아에서 인기 있는 거거든. 꽤 재미있는 액세서리라고 생각했어."

나는 애나와 대화를 끝내고 싶었다.

"내가 도와줄까? 스텐실 들고 있으면 돼? 근데 지금 뭐 하는 거야?"

그 순간, 나는 더 이상 참을 수 없었다. 도서관에서의 내 영상을 애나가 어떻게 구했는지는 확실히 모르겠지만, 애나가 그것을 이용한 건 분명했다. 그리고 애나는 오늘 날을 잘못 잡았다.

"너 진짜 뻔뻔하다. 내가 모를 줄 알았니? 조쉬한테 내 영상을 준 사람이 바로 너지?"

그러자 애나가 눈을 동그랗게 떴다.

"그래서 너랑은 스터디 모임도 같이 하고 싶지 않고, 이 미술 프로젝트도 같이 하고 싶지 않아."

맥스와 미란다는 사다리에 얼어붙어 있었다. 움직이는 걸 무서워하는 듯했다.

"조쉬가 올릴 줄은 몰랐어."

애나가 너무 낮게 속삭였다. 그래서 나는 그 애의 말을 거의 알아들을 수 없었다.

"조쉬가 그 영상을 재미있어할 거라는 건 알았어. 그리고 그 애가 내 영상을 올렸다는 것도 알았지만…… 그냥 친구가 있었으면 해서……."

"친구를 사귀려면 좀 더 정당한 방법으로 해야지."

나는 또박또박 말했다. 내 말에서 분노가 느껴졌다.

애나는 더듬거리며 뭔가 대답하려고 했다. 하지만 이내 포기하고서 몸을 돌린 뒤, 로비를 뛰어나갔다.

"우와."

맥스가 말했다.

내가 맥스를 휙 노려보자, 맥스와 미란다는 얼른 테이프를 떼어 스텐실을 제자리에 붙이기 시작했다. 맥스가 스프레이 통을 다시 한번 흔들었고, 미란다는 우리의 나머지 물품을 가져오기 위해 사다리에서 내려왔다.

나는 심호흡을 하면서 마음을 가라앉히려고 애썼다.

"얘들아, 서둘러라. 3시까지 끝냈으면 좋겠구나."

교장선생님이 소리쳤다.

맥스가 스텐실을 하나씩 떼어 내자, 교장선생님은 하던 일을 멈추고 우리의 페인트 작업을 유심히 쳐다보았다. 꼬투리를 찾으려 해도 찾을 수 없을 것이다. 오히려 흡족했을 것이다. 행사장 위에 '세쿠리타스 제네라 빅토리아' 글자가 아치형으로 놓여 있으니 말이다.

교장선생님은 기분 좋게 고개를 끄덕인 뒤, 경매 물품이 있는 곳으로 걸어갔다.

미란다가 극장용 커튼을 한 아름 들고서 휘청거리며 돌아왔다.

"서두르자!"

미란다가 커튼을 내 발치에 떨어트리며 말했다.

맥스와 나는 사다리를 양쪽으로 하나씩 옮겼다. 그리고 벨크로를 이용해서 학교 모토의 양쪽 끝에 검은색 커튼을 붙였다. 나는 여행용 가방을 커튼 뒤에 집어넣었다. 누군가가 가방 안을 들여다보게 할 수는 없었다.

우리가 벽에서 물러나자마자 교장선생님이 우리를 불렀다. 그리고는 입찰 용지와 연필을 펼쳐 놓게 하고, 얼음으로 가득 찬 냉장 박스를 옮기게 하고, 옷걸이를 정리하게 했다. 오후 3시 정도가 되자 그곳은 꽤 멋져 보였다. 학생들이 우르르 빠져나갔고 교장선생님은 약속 장소인 미용실로 향했다.

미란다가 로비를 훑고 지나면서 우리의 전자 학생증을 모았다. 그런 다음 그것들을 그 애 가방에 쏙 넣고서 밖으로 나갔다. 우리에게 전자 학생증이 없다는 걸 누군가 알아차리기 전에 맥스와 나는 암실로 들어갔다.

그곳은 지난번보다 좁게 느껴졌다. 산비와 홀던이 그 어둑한 곳에 합류하고 맥스가 방귀를 뀌자 암실이 더 좁게 느껴졌다.

"우웩!"

"숨 쉬어."

맥스가 속삭였다.

"그럴 수 없어! 네가 여기를 오염시켰잖아. 근데…… 아직도 멀었어?"

나는 희망을 갖고 조용히 물었다.

산비가 손목시계를 내게 보여 주었다. 겨우 3분 지났다.

마시 비서가 퇴근하면 미란다가 우리에게 문자로 알려 줄 것이다.

"홀던은 나랑 스텐실 작업을 마무리할 거야. 맥스는 인물 사진들을 정리할 거고. 산비, 너는 전자레인지를 찾아야 해."

"알았어."

산비가 말했다.

"이미 말해 줬잖아. 백 번 정도."

맥스가 말했다.

바로 그때 문자가 왔다.

미린다 : 떠났어! 로비엔 아무도 없어.

우리는 서로 밀치며 암실에서 나왔다. 그리고 수업이 끝나서 아무도 없는 조용한 복도로 뛰어들었다.

로비에 도착하자마자 나는 커튼 뒤에서 여행용 가방을 꺼냈다.

그런 다음 집에서 가져온 커다란 유리그릇과 우리의 '페인트' 물품
들을 꺼내 산비에게 건넸다.

홀던은 벌써 스텐실을 펼치고 있었다.

"금방 올게."

산비가 직원실 쪽으로 향하면서 말했다.

"너무 세게 돌리지 마! 낮은 전력으로!"

내가 산비 등에다 소리쳤다.

산비가 한쪽 엄지손가락을 들어 보였다.

"완벽하게 끝날 거야. 이제 걱정하지 마."

홀던이 내게 테이프를 건네며 말했다.

나도 노력하고 있었다. 하지만 이 일이 끝날 때까지는 숨도 제대
로 쉴 수 없을 것만 같았다.

19. 쇼타임

모든 것이 다 준비되었을 때 우리는 탈진과 흥분으로 아찔해하고 있었다. 오후 5시, 우리는 학교 옆문으로 빠져나갔다.

"도미니카, 코에 초콜릿 묻었어."

산비가 말했다.

내가 그것을 쓱 닦아 내자 손에 초콜릿이 조금 묻었다. 그래서 나는 그것을 산비의 코에 묻히려고 애썼다. 우리는 반쯤 정신 나간 아이들처럼 키득거리며 웃었다.

오후 5시 30분, 뉴스 트럭 한 대가 학교 앞 길가에 멈춰 섰다.

"미란다, 너 정말 해냈구나."

홀던이 말했다.

산비가 휴대폰으로 게시물들을 쭉 훑어보았다.

"픽스나피에서 완전 난리 났어. 대화가 진지하게 오가고 있다고. 우리가 공개 행사 때 뭔가 큰 걸 터트릴 거라는 걸, 모두들 알고 있어."

드디어 시작되었다.

미란다가 아주 익숙하게 카메라맨 쪽으로 걸어갔다.

잠시 후, 홀던이 낮게 소리쳤다.

"조심해!"

우리는 전부 몸을 벽에 딱 붙였다. 교장선생님의 검은색 아우디 차가 주차장으로 들어왔다.

"아니, 저 트럭은……."

교장선생님의 목소리가 울려 퍼졌다.

그때 조쉬의 목소리도 들렸다.

"학교가 뉴스에 나오는 줄 몰랐네요. 분명 도움이 될 거예요."

조쉬가 우리를 보호해 주고 있었다. 아니, 어쩌면 그냥 하는 소리일 수도 있었다. 그게 어느 쪽이든, 나는 얼떨떨했다.

바로 그때, 미란다가 잔디밭을 가로질러 교장선생님 쪽으로 성큼성큼 걸어갔다. 그 옆에는 몸에 딱 맞는 청록색 재킷을 입은 날씬한 금발 여성이 따라가고 있었다. 미란다가 소리쳤다.

"교장선생님! VTV 뉴스의 로즈마리 기자예요."

교장선생님이 자세를 바로 잡았다. 그러고는 모금 행사용 미소를 지어 보이며 말했다.

"어서 오십시오!"

나는 잘 들리지 않았지만, 기자가 교장선생님에게 뭐라고 질문했다. 그러자 교장선생님이 대답했다.

"…… 학부모들이 서로를 잘 알게 되고, 학교에 대해 더 많이 이해하게 되며, 학교의 최신 프로그램 비용을 마련할 수 있는 기회이지요."

차들이 하나둘 도착하기 시작했다. 양복과 드레스를 차려입은 학부모들이 안으로 들어왔다. 몇몇 학생들은 잔디밭을 무리 지어 돌아다녔다. 이 행사에는 오늘밤 작품을 전시한 학생들만 공식적으로 초대되었다. 하지만 블로그와 픽스나피에 올린 미란다의 단서들이 효과가 있었나 보다. 점점 더 많은 학생들이 학교에 들어왔다.

"그럼 시작해 볼까?"

산비가 활짝 웃으며 말했다.

문을 열고 들어선 순간, 나는 그 자리에 멈춰 섰다. 그리고 멀찌감치 보이는 우리의 작품을 즐기기 시작했다. 맥스는 흑백 인물 사진을 5, 60장 찍었다. 각기 다른 학생들이 카메라 렌즈를 똑바로 보고 있었다. 애나는 리본 머리띠 아래서 이쪽을 응시하고 있었다. 조쉬의 긴 속눈썹 안으로 짙은 눈동자가 보였다. 홀던, 산비, 나…… 우리 모습도 전부 흑백 사진에 있었다.

맥스는 사진을 퍼즐 조각 삼아 학교 모토 안에 꼭 맞춰 넣었다.

모토 양쪽에는 거대한 검은색 커튼이 걸려 있었다.

"오늘밤 이 인물 사진을 완성한, 우리의 스타 아티스트가 여기 왔군요."

교장선생님이 맥스의 어깨를 잡고서 한쪽으로 휙 돌려 반대편에 있는 학부모들과 얼굴을 마주하게 했다. 맥스는 멍하니 서서 미소만 지었다. 그러자 산비가 옆으로 가서 맥스가 사진을 어떻게 잘라 모토에 맞출 수 있었는지 설명하기 시작했다.

또 다른 기자가 카메라맨을 데리고 들어왔다. 그들 바로 뒤에는 미란다가 있었는데, 그 애는 우리에게만 보이도록 기쁨의 주먹을 휘둘렀다. 그리고는 흑갈색 머리의 어떤 여자를 가리키며 내게 입 모양으로만 말했다.

"우리 엄마야!"

바로 그때, 우리 엄마도 도착했다. 나는 엄마에게 맥스를 소개했다. 덕분에 맥스는 교장선생님에게서 간신히 도망칠 수 있었다. 잠시 동안, 나는 우리가 반란을 일으킬 거라는 사실도 잊고 있었다.

지금 학생들은 더 많이 모였다. 학부모들도 백 명은 족히 넘어 보였다. 로비에는 웃고 떠드는 사람들로 넘쳐 났고, 결국 일부는 잔디밭으로 나갔다. 한편에서는 크로프턴 선생님과 서튼 선생님이 수다를 떨고 있었다.

다른 선생님들도 와 있었다. 리 선생님과 노박 선생님은 마이크와 단상을 설치하고 있었다. 아마도 저기서 교장선생님이 입찰식

경매와 모금의 기회를 강조하지 않을까?

바로 그때, 출입문 근처에 서 있는 할머니가 눈에 들어왔다. 나는 서둘러 할머니에게 갔다.

"오시는 줄 몰랐어요!"

"이벤트가 있다고 들었어. 모두들 초대받지 않았니?"

"물론 그렇죠."

할머니는 내가 한 일을 볼 것이다. 하지만 내가 뭐라 말하기도 전에 미란다가 이쪽으로 쏜살같이 달려왔다.

"시간 다 됐어."

"그럼 먼저 가 볼게요."

나는 할머니에게 말했다. 그런 다음 미란다를 따라 사람들 사이로 뛰어들었다. 사람들이 어마어마하게 많이 와 있었다. 뉴스 기자와 카메라맨들도 더 와 있었다.

미란다가 곧장 마이크로 향했다. 이건 우리 계획에 없었다. 적어도 내 계획에는 없었다. 하지만 미란다는 아주 자연스럽게 단상으로 올라갔다.

"오늘밤 여기 와 주신 여러분, 감사합니다. 미첼 영재중학교를 이끄는 교장선생님을 소개하겠습니다."

교장선생님이 흠칫 놀라기는 했지만 무척 만족해하는 표정으로 앞에 나섰다. 박수 소리가 간간이 흘러나왔다.

"감사합니다. 여기에 많은 분들이 오셔서 무척 기쁘군요. 우리의 작은 공개 행사가 이렇게 큰 규모로 확장될 줄은 정말 예상하지 못했답니다. 하지만 보시다시피 우리 학생들은 아주 뛰어난 재능을 지녔습니다. 그리고 학생들이 이러한 재능을 안심하고 마음껏 펼칠 수 있었던 것은 전부 미첼 영재중학교의 보안 시스템 덕분이지요."

우웩, 나는 토할 것만 같았다.

교장선생님이 모금과 관련된 이야기를 한차례 더 한 후, 단상에서 내려왔다.

미란다가 다시 단상에 올라 마이크를 잡았다.

그때 산비가 나를 뒤에서 툭 밀었다.

"왜 그래?"

"어서 가! 미란다가 너를 소개했어!"

나는 휘청거리며 앞으로 나갔다. 나는 충분히 할 수 있었다. 단상이나 마이크는 예상하지 못했지만, 무슨 말을 해야 할지는 알 것 같았다.

간신히 내 소개를 했다. 처음에는 너무 가까이 다가갔는지 마이크에서 끽끽 소리가 났다. 나는 반걸음 뒤로 물러났다.

"교장선생님 말씀대로 미첼 영재중학교는 아주 안전한 곳입니다. 복도나 교실에 감시 카메라가 서른 대 이상 설치되어 있어서 학생들의 움직임을 하나하나 추적할 수 있을 정도지요. 하지만 우리는 학교 감시 카메라가 공개 토론을 방해할 뿐만 아니라 선생님들의 수업 내용에도 영향을 미친다고 생각합니다. 이 설치 예술은 우리의 우려를 표현한 것입니다. 산비, 준비됐어?"

산비가 테이블에서 플라스틱 꽃병과 하얀색 천을 치우니 영사기가 드러났다.

나는 맥스와 홀던에게 고개를 끄덕였다.

이제 때가 되었다.

맥스와 홀던이 극장용 커튼에 달려 있던 굵은 줄을 하나씩 잡아당겼다. 벨크로에 붙어 있던 커튼이 바닥으로 뚝 떨어지면서 그 뒤에 가려져 있던 나머지 작품이 드디어 모습을 드러냈다.

사람들 속에서 불편한 웃음이 들렸다.

이제 맥스의 인물 사진 양옆에 내 작품이 보였다. 방탄복을 입은 거대한 다람쥐 두 마리가 학교 모토를 내려다보고 있었다. 그런데 다람쥐들이 나타나자 사진 속의 인물들 표정이 살짝 바뀐 것처럼 보였다. 조금 전, 학생들의 얼굴은 깊은 생각에 빠지거나 뭔가에 집중한 모습이었다. 그런데 지금은 얼어붙었거나 겁먹었거나 덫에 걸린 듯한 표정이었다.

"맥스가 어떻게 저렇게 했지?"

산비가 단상 뒤로 와서 내게 속삭였다.

나는 고개를 저었다. 그렇지만 맥스가 흥분해서 떨고 있는 건 느낄 수 있었다. 이제 나는 마지막 부분을 기다리고 있었고, 긴장해서 배가 막 땅겼다.

크로프턴 선생님과 서튼 선생님이 내 작품과 나를 번갈아 보고 있었다. 둘은 충격을 받은 것 같았다. 아니, 화가 난 것일까? 잘 모르겠다.

조명이 꺼졌다. 누군가 소리를 꽥 질렀다. 몇몇 사람들은 숨을 헉 들이마셨다. 산비가 얼른 영사기를 돌렸다. 영사기의 불빛이 벽을 감쌌다. 학교 모토 아래, 영상에서 캡처한 사진 세 개가 빛나고 있었다.

마커스의 열린 남대문 사이로 셔츠가 삐져나와 있었다.

반쯤 벗은 셔츠 사이로 내 브래지어가 살짝 보였다.

날아가는 책들 사이로 미란다가 공중에 떠 있었다.

염려의 속삭임 같은 중얼거림이 로비를 휘감고 지나갔다.

산비가 뒤에서 나를 쿡쿡 찔렀고, 나는 또다시 마이크 앞으로 나갔다.

"이 영상들은 전부 본인의 허락 없이 소셜 미디어에서 공유되었습니다. 보안에는 이렇게 단점도 있습니다. 오늘밤 공개 행사의 목적 중 하나는 새로운 보안 시스템을 위해 기부금을 모으는 것입니다. 하지만 저희들은 이러한 시스템이 오히려 학생들의 교육과 자유를 방해하는 건 아닌지 우려하고 있습니다."

처음에는 여기저기서 산발적인 박수가 나왔다. 그다음에는 로비 전체에서 우레와 같은 박수가 쏟아져 나왔다. 크로프턴 선생님도 박수를 쳤다. 그 모습을 보니 안심이 되었다. 서튼 선생님도 화가 난 것 같지는 않았다. 서른 선생님과 눈이 마주치자 선생님은 내게 고개를 끄덕였다.

나는 마이크 앞에서 더 말을 할 수 없었다. 기자와 학생, 학부모들이 내 주위를 둘러싸고서 큰 소리로 질문을 던졌기 때문이다. 맥스는 조명을 다시 켰고 산비는 얼른 보도 자료를 돌렸다.

"보안상의 결함으로 피해를 본 적 있습니까?"

기자가 내게 물었다.

"그렇습니다. 아까 영상에서 셔츠를 뒤집고 있는 사람이 바로 저인데⋯⋯."

교장선생님이 이쪽으로 성큼성큼 걸어오고 있었다.

기자가 물었다.

"미첼 영재중학교에 감시 카메라가 많다는 게 사실입니까? 그러니까 다른 곳보다 더⋯⋯."

"당연히 아니지요."

교장선생님이 씩씩거리며 말했다.

"감시 카메라가 학생들의 사생활에 미치는 영향에 대해서 교장선생님은 얼마나 염려하고 있습니까?"

교장선생님이 몸을 곧게 펴고, 내 옆을 지나 마이크 앞에 서서 목을 가다듬었다.

"여러분도 아시다시피, 미첼 영재중학교는 영재들을 위한 학교입니다. 하지만 재능 있는 사람들은 이따금 사회적이거나 감정적인 문제들을 겪기도 하지요. 우리 중에도 사람들과의 관계 문제로 힘들어하는 학생들이 있습니다. 권위를 인정하는 문제로 힘들어하는 학생들도 있고요. 그리고 학교 정책을 심각하게 위반한 학생들도 있습니다."

"보안 영상에 접근한 것 말입니까?"

"관리감독 없이 학교 시설물에 맘대로 들어가고, 학교 CCTV를 조작하고, 학교 시스템에 몰래 들어가 관리자 역할을 했습니다. 골칫거리 젊은이들 몇몇이 사람들의 주의를 끌기 위해 이런 일을 벌인 건 아닌지 무척 걱정되는군요."

교장선생님이 단상에서 고개를 슬프게 저으며 말을 이었다.

"물론 우리는 그러한 학생들을 측은하게 여겨야 합니다. 하지만 단호하게 행동해야 할 때도 있지요. 특히 그 학생들이 공공 기물을 훼손하거나 그들 자신을 파괴할 가능성이 있을 때는 더 그렇습니다."

어느새 노박 선생님이 우리 뒤에 와 있었다.

"도미니카, 홀던, 산비, 교장실로 와. 지금 당장."

노박 선생님의 목소리가 내 등골을 오싹하게 했다.

"자, 가자."

노박 선생님이 말했다.

미란다가 앞으로 나섰다. 하지만 나는 고개를 저었다. 우리 중에 퇴학당할 사람을 더 늘려선 안 되었다. 교장선생님이 알고 있는 한, 미란다는 그냥 오늘밤 사회자의 역할을 한 거였다.

노박 선생님이 사람들 사이로 성큼성큼 걸어갔고, 우리는 그 뒤를 죄수처럼 따라갔다. 내 등에 꽂히는 수백 개의 눈이 느껴졌다. 나는 노박 선생님을 따라 교장실로 들어갔다. 내 파멸을 향해 들어섰다.

잠시 후, 교장선생님의 하이힐 소리가 또각또각 들렸다.

"정말이지, 나는 너희 셋한테 충격받았어."

교장선생님이 문을 닫으며 말했다.

"그 영상들을 누가 올렸는지 알면 더 충격받으실걸요?"

산비가 말했다.

"이건 학교 재산을 훼손하는 것보다 훨씬 더 심각한 일이야."

교장선생님이 키보드를 툭툭 두드리더니 모니터를 우리 쪽으로 돌렸다.

"미첼 영재중학교는 마약 문제에서만큼은 절대 봐주지 않아. 이 영상은 이미 너희 부모님과 경찰에 보냈어. 거의 퇴학이라고 보는 게 좋을 거야."

모니터를 보니, 홀던과 산비, 내가 학교 식당에서 하얀색 박하사탕으로 건배를 하고 있었다.

교장선생님이 손을 뻗어 다른 키보드를 눌렀다. 또 우리 셋이었다. 이번에는 분홍색의 작은 알약 같은 게 불쑥 튀어나왔다. 우리는 좀 우스꽝스럽게 보였다. 눈을 반쯤 감고 입을 헤벌린 채 그 알약 같은 걸 서로에게 던지고 있었다. 한 순간, 우리 셋이 카메라 가까이 훅 들어왔다가 다시 멀어졌다. 지금 뭘 하고 있는 거지? 그때 우리 집 거실 소파가 눈에 들어왔다.

"저건 마약이 아니에요."

산비가 말했다.

마침내 나도 이해했다.

"교장선생님, 저 영상을 어떻게 구했어요? 저긴 우리 집 거실이 잖아요."

몇 주 전, 홀던과 산비가 우리 집에 와서 타르트를 먹을 때였다. 우리는 장식용으로 올려진 분홍색 사탕을 서로에게 던지며 놀았다. 어떻게 했는지 모르겠지만, 교장선생님이 내 학교 노트북의 웹캠으로 접속한 게 틀림없었다.

교장선생님은 내 질문을 무시했다. 산비의 항의도 무시했다. 그리고 존경과 책임에 대해 강의하기 시작했다. 홀던은 엉덩이를 앞으로 쭉 빼더니 의자 등받이에 머리를 기대고서 천장을 가만히 보았다. 나는 교장선생님에게서 눈을 뗄 수가 없었다. 교장선생님은 지금 진심인 걸까? 이 모든 게 말도 안 되는 상황이지만, 아직도 내 머릿속에서는 '경찰'이라는 단어가 맴돌고 있었다.

문 밖에서 서튼 선생님의 목소리가 들린 것 같았다. 산비의 가족은 확실히 밖에 있었다. 산비 아빠는 교장선생님과의 면담을 요구했고, 산비 할머니는 카랑카랑한 목소리로 속사포 쏘듯이 뭐라 하고 있었다. 누군가 큰 소리로 질문을 던지기도 했다. 노박 선생님은 사람들을 진정시키기 위해 발버둥치고 있었다.

"부모님이 오신 것 같군. 네가 재미 삼아 마약 한 것을 부모님이 어떻게 느끼시는지 물어볼까?"

교장선생님이 산비에게 물었다.

불쌍한 산비. 산비는 분명 눈물을 흘리고 있을 것이다. 나는 산비를 힐끗 쳐다보았다. 하지만 산비는 눈물 대신 의자 손잡이를 꽉 쥐고 있었다. 그런데 너무 꽉 쥐고 있어서 손가락 마디마디가 하얗게 보였다. 산비가 말했다.

"안으로 들여보내 주세요. 이 상황을 설명하고 싶네요."

"그리고 저건 마약이 아니에요."

나는 산비가 한 말을 한 번 더 했다. 그런 다음 교장선생님을 똑바로 보며 말을 이었다.

"집에 있는 우리를 촬영한 건 심각한 사생활 침해예요. 불법이라고요."

사실, 불법인지 아닌지는 나도 잘 모르겠다. 하지만 분명 불법일 것이다, 그렇겠지? 내가 이 말을 하고 있을 때, 교장실 문이 열리면서 노박 선생님이 들어왔다. 이어서 여성 경찰관도 들어왔다.

경찰관은 약간 붉은색이 도는 금발을 하나로 모아 목 뒤에서 동그랗게 묶었다. 파란 셔츠에 검은색 바지, 그리고 경찰봉과 권총의

무게로 살짝 내려간 벨트. 경찰관은 교장선생님과 악수를 나누었다. 그다음에는 우리와도 악수를 나누었다.

"신고를 받고 왔습니다. 정확히 무슨 일인가요?"

경찰관이 물었다.

우리는 모두 한꺼번에 이야기를 시작했다.

"밖에 있는 낙서들, 분명 보셨을······."

교장선생님이 말했다.

"······ 비행 십 대들이······."

노박 선생님이 말했다.

"······ 권력에 굶주린 마녀가 사냥을······."

산비가 말했다.

경찰관이 두 손을 들어 올린 다음, 그 와자지껄 떠드는 소리보다 더 큰 소리로 말했다.

"한 번에 한 명씩 합시다. 먼저, 교장선생님?"

교장선생님이 컴퓨터 모니터를 가리키며 말했다.

"저 영상을 보세요. 분명 이 학생들은 마약을 했습니다. 우리 학교는 이 문제에서만큼은 절대 봐주지 않습니다. 게다가 마약은 불법이지요. 학생들의 건강 문제도 있고요."

산비가 코웃음을 쳤다.

"교장선생님은 학교 노트북을 이용해서 집에 있는 우리를 촬영했어요."

그러고는 교장선생님을 노려보며 말을 이었다.

"지금까지 웹캠을 오가면서 학생들을 염탐한 거예요?"

경찰관이 또다시 두 손을 들었다. 이 방이 곧 폭발할 거라는 것은 누가 봐도 뻔했기 때문이다. 경찰관이 그 영상을 보는 동안 우리는 잠시 기다렸다. 교장선생님은 우리가 로비에서 페인트칠을 하고 영사기를 테스트하는 CCTV 화면들도 보여 주었다.

"우리는 그 모토를 페인트칠해도 된다고 허락받았어요."

내가 말했다.

"그럼 그 약은 어떻게 된 거니?"

경찰관이 물었다.

바로 그때, 우리 엄마가 교장실 안으로 와락 들어왔다. 엄마를 가로막는 리 선생님을 단숨에 밀쳐 내고서 말이다. 엄마는 문 입구에 서 있었다. 산비의 부모님이 고개를 쏙 내밀고 우리 엄마의 어깨 너머로 이쪽을 들여다보고 있었다. 엄마의 뺨은 상기되어 있었고, 머리칼은 사자의 갈기처럼 사방으로 뻗쳐 있었다.

홀던이 얼른 자세를 고쳐 앉으며 말했다.

"우와, 너희 엄마 대단한데?"

엄마 손에는 아담한 크기의 플라스틱 통이 들려 있었다. 분홍색 장식용 사탕이 들어 있는 통이었다. 엄마는 교장선생님 앞에서 그것을 툭 떨어트렸다. 뚜껑이 살짝 열리면서 사탕이 몇 개 튀어 나오더니 책상 위를 데굴데굴 굴러갔다.

"내가 운영하는 회사에서 가져온 거예요."

엄마가 큰 소리로 말했다.

경찰관이 키득키득 웃었다. 그러고는 한 손을 입에 대고 큼큼 헛기침을 했지만, 나는 그것이 웃음소리를 덮으려는 시도라고 확신했다.

"학교에서 보낸 영상, 잘 봤습니다. 지금까지 본 것들 중에서 가장 말도 안 되는 영상이었어요."

엄마가 말했다.

"그중 하나는 불법이에요. 내 노트북 웹캠으로 본 거거든요."

내가 덧붙였다.

산비가 나를 보며 히죽 웃었다.

"학생의 노트북을 통해서 봤다고요? 그 학생도 모르게, 그리고 그 학생 부모의 동의도 없이?"

엄마가 말했다. 그러자 이번에는 산비가 덧붙였다.

"완벽한 사생활 침해죠."

하지만 엄마는 거기서 끝내지 않았다.

"제 파트너가 인권 변호사예요. 장담하건대 우리는 이 문제를 절대 그냥 넘어가지 않을 겁니다."

아, 사랑스런 프랭크 아저씨. 그동안 아저씨를 탐탁지 않게 여겨서 미안할 따름이었다.

경찰관이 모니터의 영상을 유신히 들여다보았다.

"이거 하나 복사해 주시겠습니까?"

그러자 교장선생님이 뭔가 상한 음식을 꿀꺽 삼킨 듯한 표정을 지었다.

엄마가 말했다.

"도미니카, 산비, 홀던."

우리는 지명을 받은 군인들처럼 자리에서 벌떡 일어났다.

엄마가 노박 선생님에게 고개를 끄덕이며 말했다.

"여기서부터는 제가 맡겠습니다."

우리는 다리에 힘을 딱 주고 교장실을 나갔다.

나가자마자 산비 가족들이 산비를 둘러쌌다. 산비 엄마와 아빠는 질문을 쏟아부었고, 산비 할머니는 눈물을 주룩주룩 흘렸다. 산비는 절대로 저기서 빠져나올 수 없을 것 같았다. 그런데 바로 그때, 산비 아빠가 교장선생님 쪽으로 다가가더니 단호하게 말했다.

"제가 시의회에서 사생활 보호 위원회의 위원장이라는 것을 알고 계시겠죠?"

나는 거기 남아서 환호성을 지를 수 없었다. 엄마가 홀던과 나를 데리고 로비로 갔기 때문이다. 안내 데스크를 지나고 보니, 아직도 많은 사람들이 모여 있었다. 모두들 우리 쪽으로 몸을 휙 돌렸다.

미란다가 사람들 속을 헤치고 달려왔다.

"어떻게 된 일인지 설명해 주고 있었어. 하지만 지금부턴 네가 해야지."

나는 단상에 올라 마이크 앞으로 나갔다. 마치 텔레비전에 나오는 것 같았다. 기자들이 내 주위로 몰려들었다.

"어떤 이유로 이런 행동을 하게 되었습니까?"

"기록을 위해서 이름을 정확하게 불러 주시겠습니까?"

나는 미첼 영재중학교의 감시 카메라와 보안상의 결함, 그리고 선생님과 학생들의 토론을 통제하는 교장선생님의 방식에 대해 이야기했다.

"윤리 담당인 서튼 선생님은 수업 중에 사생활과 보안 문제를 다루지 말라는 요청을 받았습니다. 그리고 우리들은 학교에 보안상의 결함 문제를 제기했다가 정학의 위협까지 받았습니다."

"뱅크시에 대해서 말해 줘."

미란다가 내게 말했다.

"우리는 영국의 거리 예술가인 뱅크시에게서 어떤 영감을 받았습니다. 그리고 이 상황을 알리기 위해서 우리만의 방식으로 한번 시도해 보기로 했지요."

나는 잠시 멈추고 숨을 쉬어야 했다. 예상했던 것보다 훨씬 더 많은 관심을 받고 있었다.

"그렇다고 범죄를 저지르는 건 너무 극단적인 방식 아닌가요?"

흰머리를 위로 올려서 대머리를 감추고 있는 기자가 물었다. 그 기자는 미간을 잔뜩 찡그리고 있었다.

"우리는 범죄를 저지르지 않았습니다."

내가 말했다.

"학교 외관을 훼손시켰는데 범죄가 아니라고요?"

내가 자세히 설명하기도 전에, 맥스가 저 멀리 걸어가며 소리쳤다.

"이것 좀 보세요!"

맥스의 목소리는 마이크 없이도 아주 잘 들렸다.

맥스는 거대한 다람쥐의 발을 크게 한 번 핥았다. 마치 아이스크림을 먹는 것처럼.

사람들이 당혹해하며 웅성웅성했다.

맥스는 입을 쓱 닦은 다음, 기자들을 향해 소리쳤다.

"초콜릿이에요! 얼마나 맛있다고요!"

웃음소리가 터져 나왔다. 사람들이 작품 쪽으로 가까이 다가갔다. 다시 보면, 그것이 스프레이 페인트가 아니라는 것을 확실히 알 수 있었다. 그건 다크 초콜릿을 녹인 거였다.

산비가 마이크에 대고 말했다.

"직원실의 전자레인지로 초콜릿을 매끄럽게 녹이는 건 쉽지 않았답니다."

여기저기서 박수 소리가 나왔다.

우리는 완전 성공했다. 나는 단상에서 내려왔다. 그리고 누군가 내 팔을 만졌을 때, 나는 소스라치게 놀랐다. 할머니였다.

"그 책이 언젠가는 이렇게 성과를 낼 줄 알았지."

"화나시지 않았어요?"

하지만 물어볼 필요도 없었다. 할머니의 미소가 한쪽 진주 귀걸이에서 다른 쪽 귀걸이까지 쭉 이어져 있었기 때문이다.

"이렇게 자랑스러운 건 처음이구나."

바로 그때 엄마가 나타났다. 프랭크 아저씨와 함께!

"내가 전화했어. 괜찮지?"

엄마가 말했다.

엄마와 프랭크 아저씨는 마치 십 대처럼 손가락 깍지를 끼고 있었다.

"도움이 필요하다고 들었는데, 와서 보니 전혀 그럴 필요가 없어 보이는구나. 하지만 그 노트북 건은 심각한 사건이라고 생각해. 사실, 너는 교장을 고소할 수도……."

"프랭크, 지금은 그만합시다. 법적인 문제는 나중에 이야기해도 괜찮으니까. 우리 뭐라도 마실까요? 아니면 식사라도?"

할머니가 말했다.

엄마와 프랭크 아저씨는 바로 찬성했지만, 나는 망설였다.

"저는 여기 있어야 할 것 같아요."

기자들은 마침내 뉴스 트럭으로 돌아가고 있었다. 하지만 강당에는 여전히 많은 학생과 학부모가 모여 있었다. 미란다가 나를 향해 미친 듯이 손을 흔들었다. 미란다는 서튼 선생님, 크로프턴 선생님과 같이 있었다.

"그래, 이해해. 네 전시회잖니."

할머니가 말했다.

그랬다, 바로 그런 느낌이었다. 나는 미란다 쪽으로 향하면서 어느새 미소 짓고 있었다. 길쭉한 샴페인 잔은 없었지만, 왠지 나만의 전시회를 연 듯한 느낌이었다.

우리 다섯은 출입문을 열고 나가려고 했다. 그러다 맞은편에서 들어오는 홀던의 엄마, 아빠와 탁 부딪쳤다. 두 분은 거울도 보지 않고 여기까지 운전해 온 것이 분명했다. 홀던 엄마의 립스틱은 입술 선 밖으로 번져 있었고, 언제나 단정했던 홀던 아빠의 머리 모양은 방금 잠에서 깨어난 것처럼 한쪽으로 눌려 있었다. 둘 다 눈을 휘둥그레 뜨고서 가쁜 숨을 몰아쉬고 있었다.

"학교에서 보낸 이메일을 봤어."

홀던 아빠가 말했다.

"교장선생님과 면담 약속을 잡아서 지금 가는 길이야."

홀던 엄마가 말했다.

"아, 안 가시는 게 좋을 거예요. 교장선생님은 경찰관과 있거든요."

산비가 말했다.

그러자 홀던 엄마가 숨을 헉 들이마시며 말했다.

"경찰관이라고! 너희 셋이 도를 넘었을지 모르지만, 이건 어디까

지나 학교 문제……."

"우리 때문이 아니에요. 적어도 그건 아니에요."

내가 홀던 엄마에게 장담했다.

교장실 쪽을 힐끗 보니, 조쉬가 안내 데스크에 몸을 기대고 있었다. 경찰관과 엄마의 면담이 끝나기를 기다리는 것 같았다. 조쉬는 행복해 보이지 않았지만 나를 보며 고개를 끄덕였다. 우리 사이는 괜찮았다.

맥스가 신나서 껑충 뛰며 말했다.

"홀던, 너희 부모님이시니? 저기, 이 예술 작품을 가까이에서 보고 싶지 않으세요? 이쪽으로 오세요. 제가 설명해 드릴게요."

홀던 엄마가 얼른 쫓아가며 물었다.

"너, 홀던이랑 친구니?"

"네, 그리고 내년에는 홀던을 농구팀에 데려가려고요. 한번 제대로 놀아 보게요."

홀던 엄마의 얼굴은 확실히 긍정적으로 빛나고 있었다.

산비와 나는 밖으로 나갔다. 밖에는 우리뿐이었다. 나는 계단 꼭대기에서 털썩 주저앉았다. 갑자기 다리가 바들바들 떨렸기 때문이다.

"우리가 해냈어."

"아주 끝장내 버렸지."

산비가 활짝 웃었다.

잠시 동안, 우리는 안에서 들려오는 속삭임을 들으며 조용히 앉아 있었다.

산비가 내게 기댔다. 그러고는 불쑥 말했다.

"나는 홀던한테 반하지 않았어."

"그래……."

"그 영상에서 홀던을 보고 있었던 거 아니야. 너를 보고 있었어."

나는 깜짝 놀라서 가만히 있었다.

산비가 재빨리 말했다.

"하지만 더 이상은 그런 식으로 느끼지 않아. 내 말은, 아직 너를 좋아하긴 하지만, 뭐랄까 미란다와 더……."

바로 그때, 미란다가 톡 튀어나왔다. 미란다는 이런 일을 매일 하는 사람처럼 마지막 기자들과 악수를 나누었다. 그런 다음 우리를 보며 활기차게 손을 흔들어 주고 다시 안으로 사라졌다.

"놀라운 이야기네. 미란다는 정말 대단한 아이지."

"알아. 그리고 이제 너랑 홀던은……."

"어, 잠깐. 미란다가 홀던을 좋아하는 줄 알았는데?"

그러자 산비가 눈을 굴리며 물었다.

"왜?"

나는 기억해 내려고 애썼다. 윤리 시간의 그 머리 마사지? 하지만 그게 꼭 사랑은 아니지.

나는 고개를 흔들었다.

"모르겠어."

나는 자리에서 일어났다. 산비도 일으켜 세웠다.

"우리 작품을 마지막으로 한 번 더 보자."

안에서 산비와 맥스가 이야기를 나누는 동안, 홀던이 내 옆으로 오더니 그 애 새끼손가락을 내 새끼손가락에 걸었다.

"잠깐 나갈래?"

홀던이 물었다.

우리는 문을 열고 나갔다. 계단을 내려간 뒤, 건물 모퉁이를 향해 슬렁슬렁 걸어갔다. 나도 모르게 머릿속으로 감시 카메라의 지도를 확인했다. 그러고는 홀던을 조금 더 끌어당겼다.

홀던은 어린애처럼 풀밭에서 발끝을 질질 끌었다.

"산비가 그 영상에 대해 이야기했니? 그러니까…… 미란다에 대해?"

나는 고개를 끄덕였다.

"그리고 우리 엄마가 나보고 여기 더 있어도 된대."

"잘됐다!"

홀던이 고개를 들어 나를 봤다. 무척 긴장돼 보였다.

"그럼 이제 다 괜찮을 거야, 그렇지?"

내가 말했다.

홀던이 내게 가까이 다가왔다. 그러고는 내 머리칼을 귀 뒤로 넘기며 말했다.

"있잖아, 너랑……."

홀던이 몸을 숙이는 순간, 나는 고개를 끄덕였다. 그러다 그만 홀던이 내 코끝에 키스를 하게 되었다. 하지만 두 번째 키스는 완벽했다.

20. 멋진 신세계

남은 한 주는 좀 어수선했다. 선생님들은 수업을 가까스로 진행할 수 있었다. 크로프턴 선생님은 미술 시간에 학생들과 벽화를 그리기 시작했다. 서튼 선생님은 윤리 시간에 사생활과 안전을 주제로 학급 토론을 진행했다. 사생활 보호를 주장하는 목소리가 안전을 주장하는 목소리보다 훨씬 더 많이 나왔다. 조쉬가 어느 편에서 이야기하는지 들을 수 있었다면 무척 흥미로웠을 것이다. 하지만 조쉬는 학교에 나오지 않았다. 교장선생님도 마찬가지였다.

수업이 끝나고 우리는 전부 홀던의 집으로 갔다. 부모님들은 잠시 후 저녁때 이쪽으로 모일 것이다.

부모님들은 서로 많은 이야기를 나눈 것 같았다. 맥스 엄마와 홀던 엄마는 학교 CCTV에서 유출된 그 영상들에 특히 더 충격을 받았다. 학부모 회의에서 CCTV에 자금을 대 주었기 때문이다. 그리고 교장선생님이 학교 노트북 카메라로 학생들을 염탐했다는 소문이 퍼지자, 학부모들은 학교에 항의 전화를 걸었다.

마침내 홀던 엄마는 산비 가족과 맥스 부모님, 미란다 부모님, 그리고 우리 엄마와 할머니까지 초대해서 '이 상황에 대해 토론해 보자'고 했다. 우리 엄마는 컵케이크를 가져가겠다고 제안했고, 그 이후로…….

"저녁 디저트가 기대돼."

홀던은 컵케이크만 생각하고 있었다.

나는 홀던에게 눈을 굴렸다. 하지만 홀던과 손을 잡고 소파에 앉아 있는 건 좀 멋진 일이었다. 맥스와 미란다는 비디오 게임 조종기를 하나씩 들고서 치열한 레이싱 경기를 펼치고 있었다. 산비는 의자에 앉아 책을 읽고 있었다. 얼굴에는 미소가 가득했다. 그리고 이따금 고개를 들어 미란다를 힐끗 쳐다보았다.

잠시 후, 부모님들이 도착하는 소리가 들렸다. 우리는 위로 올라가 인사한 다음, 각자 자기 접시에 피자를 담았다. 얼핏 보니 홀던 접시에 캐러멜 컵케이크가 있었다. 컵케이크는 아직 나오지도 않았는데 말이다.

"너도 저쪽으로 갈래?"

홀던이 거실을 가리키며 물었다. 거기는 어른들의 목소리로 왁

자지껄했다.

나는 잠시 고민하다 고개를 저었다.

"우리 몫은 다한 것 같아. 여기서부터는 저분들이 해야지."

"안심하고 맡겨도 되겠어?"

나는 활짝 웃으며 대답했다.

"믿고 맡겨야지. 안 그러면 저분들이 어떻게 배울 수 있겠니?"

우리는 아래층에서 있었다. 그리고 컵케이크가 식탁에 놓이자 홀던은 세 개를 더 챙겼다.

공개 행사가 끝나고 며칠이 지난 어느 날 아침, 학생들은 아직도 그 이야기를 하고 있었다. 학교 복도에서 우리는 히어로와 같았다. 홀던과 나는 윤리 수업을 들으러 갔다. 교실 앞에 서튼 선생님과 낯선 선생님 한 명이 서 있었다.

"트란 선생님이셔. 이번 학기가 끝날 때까지 윤리 수업을 맡으실 거야."

"선생님은요?"

당연히, 애나가 손을 번쩍 들고 질문했다.

"임시 교장을 맡게 됐어. 이전 교장선생님은 다른 자리를 알아보기로 하셨고."

교실에서 환호성이 터져 나왔다. 여기저기서 하이 파이브를 나눴다. 서튼 선생님은 우리를 나무라려고 하지도 않았다.

"선생님, 그러면 저 감시 카메라들도 떼는 건가요?"

미란다가 소리쳤다.

"응, 아마도."

서튼 선생님이 대답했다.

이번에는 나도 하이 파이브 무리에 동참했다.

점심시간이 되었다. 우리는 늘 앉는 자리에 앉았다. 하지만 이젠 우리 셋만 있지 않았다. 미란다와 맥스는 이 모임에 완전히 들어온 것 같았다. 애나가 우리 옆을 지나갔다. 나는 애나를 불렀다.

"같이 앉을래?"

애나가 눈을 동그랗게 떴다. 그리고 얼른 쟁반을 내려놓으며 물었다.

"인문학 프로젝트 때문에 그러는 거야? 벌써 시작하려고?"

"아니야. 그냥 점심이나 같이 먹자고."

"그리고 컵케이크도."

홀던이 요란을 떨며 가방에서 플라스틱 용기를 꺼내 식탁 한가운데에 놓았다.

"이게 뭐야?"

홀던이 뚜껑을 열었다. 옆으로 살짝 기울어진 컵케이크가 열 개 정도 있었다.

"네가 만든 거야?"

맥스가 벌써 하나를 집어 들며 물었다.

"도미니카 엄마 덕분에 내가 가야 할 길을 찾았지."

홀던이 말하자, 미란다가 웃으며 물었다.

"그 길이 컵케이크야?"

"이미 베이킹 수업도 듣고 있어. 부모님한테 등록해 달라고 부탁했지."

홀던 엄마가 얼마나 행복해했을지 상상이 갔다.

나는 한참 동안 고르다가 드디어 하나를 집었다. 하얀색과 빨간색의 하트 모양 스프링클이 뿌려진 컵케이크였다. 그러자 홀던이 들고 있던 컵케이크로 내 것을 톡 건드렸다. 마치 샴페인 잔을 부딪치듯이 말이다.

미란다가 행복한 한숨을 내쉬며 말했다.

"앞으로는 좋은 일만 있을 것 같아."

"감시도 사라지겠지."

산비가 말했다.

"예술로 가득할 거야."

내가 덧붙였다.

그리고 컵케이크도 가득할 것이다.

사이버 폭력에 대해서

    도미니카와 친구들은 사이버 폭력 문제를 직접 나서서 해결하기로 결정한다. 이것은 소설 속에서 소재로 쓰기에 아주 훌륭한 전략이지만, 실제 생활에서는 결코 좋은 전략이 아니다. 도미니카는 우선 신뢰할 수 있는 어른들, 예를 들어 부모님이나 선생님과 이야기를 나눠야 했다. 학교에서는 사이버 폭력을 매우 심각하게 받아들이고 있으며, 이것은 인터넷 운영자와 경찰관도 마찬가지다. 상담 기관의 도움이 필요할 경우에는 다음을 참고한다.

- Wee센터 https://www.wee.go.kr
- 청소년사이버상담센터 https://www.cyber1388.kr:447
- 푸른나무재단 http://btf.or.kr

작가의 말

    도미니카에게 영감을 불어넣어 준 뱅크시는 실존 인물이다. 도미니카가 프로젝트 제안서에 쓴 것처럼 뱅크시는 영국 브리스틀에서 그라피티를 시작했다. 그 이후로는 전 세계를 무대로 자신의 작품을 만들어 내고 있다. 이 책에서 언급한 작품들은 전부 실제로 존재하며, 영화 〈선물 가게를 지나야 출구〉도 마찬가지다. 뱅크시가 운영하는 웹사이트 주소는 다음과 같다.

- www.banksy.co.uk